致你
一部宣言

Bernardine Evaristo
Manifesto
On Never Giving Up

[英]伯娜丁·埃瓦里斯托 著
任爱红 译

新星出版社　NEW STAR PRESS

MANIFESTO: ON NEVER GIVING UP
BERNARDINE EVARISTO
Copyright:© Bernardine Evaristo, 2021
This edition arranged with AITKEN ALEXANDER ASSOCIATES
through Big Apple Agency, Inc., Labuan, Malaysia.
Simplified Chinese edition copyright: 2024 New Star Press Co., Ltd.
All rights reserved.

著作版权合同登记号：01-2024-0275

图书在版编目（CIP）数据

致你：一部宣言 /（英）伯娜丁·埃瓦里斯托著；任爱红译 . — 北京：新星出版社，2024.3
ISBN 978-7-5133-5579-7

Ⅰ . ①致… Ⅱ . ①伯… ②任… Ⅲ . ①纪实文学 – 英国 – 现代 Ⅳ .
① I561.5

中国国家版本馆 CIP 数据核字 (2024) 第 020125 号

若水文库

致你：一部宣言

[英] 伯娜丁·埃瓦里斯托 著；任爱红 译

责任编辑　白华召
责任校对　刘　义
责任印制　李珊珊
封面设计　冷暖儿

出 版 人　马汝军
出版发行　新星出版社
　　　　　（北京市西城区车公庄大街丙 3 号楼 8001　100044）
网　　址　www.newstarpress.com
法律顾问　北京市岳成律师事务所
印　　刷　北京美图印务有限公司
开　　本　910mm×1230mm　1/32
印　　张　6.875
字　　数　138 千字
版　　次　2024 年 3 月第 1 版　2024 年 3 月第 1 次印刷
书　　号　ISBN 978-7-5133-5579-7
定　　价　58.00 元

版权专有，侵权必究。如有印装错误，请与出版社联系。
总机：010-88310888　传真：010-65270449　销售中心：010-88310811

感谢西蒙·普罗瑟，1999年以来一直陪伴我的编辑和出版人。他从不将就，只接受我最好的作品，在销量不佳时仍旧支持我，从不要求我收敛些或写作再保守些，总是为我出格的作品找到归宿。我的布克奖也有他一份。感恩。

我从不给自己留后路。

——《千钧一发》(导演：安德鲁·尼科尔)

目 录

引 言 　1

一　传承，童年，家人，出身 　5

二　住宅，公寓，房间，家园 　45

三　来来往往的男人和女人 　71

四　戏剧，社区，表演，政治 　105

五　诗歌，小说，诗体小说，融合小说 　131

六　影响，源头，语言，教育 　161

七　自我，抱负，转变，行动主义 　175

结 语 　195

埃瓦里斯托宣言 　201

致 谢 　205

引 言　　　　　　　　Introduction

2019 年，我凭借小说《女孩，女人，其他》获得布克奖，"一夜成名"，而我在艺术这个领域已经做了四十年。之前我的职业生涯并非一无所成，也不是没有得到过认可，但我并不广为人知。随即，这部小说跃居畅销榜榜首，被翻译成多国语言，得到了我长久以来一直希望自己的作品得到的关注。在无数次采访中，我发现自己都谈到了到达这一巅峰之前的漫长心路历程。我说我感到势不可当，因为我突然意识到，自从我十八岁离家闯荡以来，我一直就是如此。

回想起来，我的创造力可以追溯到我的早年经历、文化背景以及形塑了我之所以为我的种种人和事。大多艺术从业者都有自己的榜样——作家、艺术家及其他创作者——这些榜样带给我们启发，激发我们灵感，但还有什么同样奠定了我们创造力的基础，指引着我们事业的方向？这本书是我对这个问题的个人回答，读者从中可以深入了解我的承袭、我的童年、我的生活方式和亲密关系、我创造力的肇始和特质，以及我的个人成长和积极行动主义。

对于人生遇到瓶颈而又刚刚接触我作品的人来说，可以在书中看到如何坚持下去，获得成长；而那些已经奋斗了很久的人可能会从我的故事里看到自己的影子。希望这本书能够激励你们朝着自己的目标一路向前。

来吧，接下来我们就开始《致你：一部宣言》的阅读之旅吧。这是一本自述，也是我生活的沉思录。

ān（古英语）

ẹni（约鲁巴语）

a haon（爱尔兰语）

ein（德语）

um（葡萄牙语）

* 一

传承, 童年, 家人, 出身

作为自然界中的一员，人类，我们身体里都流淌着先辈的血液。我很好奇我的祖先究竟怎样影响着我，让我成为这样的我，成为一名作家。我知道，我一代又一代的祖辈，为了创造更好的生活，从一个国家迁移到另一个国家，他们跨越了人为制造的城墙、国境、种族与文化区隔，最终结合成为一家人。

我的母亲是英国人，1954年，她在伦敦市中心的一场英联邦舞会上认识了我的尼日利亚裔父亲。当时，她正在肯辛顿一所由修女开办的天主教教师培训学院学习，为以后当老师做准备；他则正在接受焊工培训。之后，他们结了婚，十年生了八个孩子。从小到大，我都是别人眼中的"混血杂种"，这是当时对黑白混血的蔑称。就像黑鬼、有色人种、黑人、混血儿、黑白混血、非白种人等所有同类叫法一样，这些词一度为公众所使用，然后才渐渐被其他词取代。我们现在知道了，其实种族并不存在，它不是一个生物学上的事实；人类除了1%的DNA不同外，其他方面都相似。我们的差异并非科学意义上的先天决定，而是由环境等因素后天塑造的。但种族是一种生活经验，也正因如此，种族影响巨大。当然，明白种族是人为建构的，并不意味着我们能够不再进行类别的区分，至少现在还不行。

在我小时候，"英国黑人"（black British）被认为是自相矛盾的说法。英国人不承认有色人种是他们的同胞，而有色人种则通常认为自己的身份仍属原籍国。我从来就没的选，只能告诉自己我是英国人。英国才是我出生、长大的地方，即便有人明确告诉我，我并不属于这里，因为我不是白人。尼日利亚于我是一个遥远的概念，那是我父亲的故乡，我对它一无所知。

我对母亲家庭的了解比对父亲那边要多得多。不久前我发现，我在英国的根可以追溯到三百多年前的1703年。要是小时候知道这些就好了，我会更有归属感，也更有底气去回击当时那些让我和所有有色人种滚回老家的人。

一个人并非必须具有英国血统才属于这里，那种认为只有那样才属于这里的观念应该一直受到挑战。公民权并不局限于生来就有的权利，因为除了纯正的英国血统，还有那些被视为大英帝国的"臣民"，但没被赋予"公民身份"的人。

我知道DNA测试存在争议，因为不同的机构数据库不同，其检测结果也存在差异，但我还是被它深深迷住了。往上追溯八代，我的DNA检测结果显示，我的血统渊源构成如下——尼日利亚：38%；多哥：12%；西北欧，英格兰：25%；苏格兰：14%；爱尔兰：7%；挪威：4%。（苏格兰和挪威已经没有我知道的长辈了）。

然而，虽然在血统上我既是黑人又是白人，但人们看向我时，看到的是我父亲的血统，而不是我母亲的。我不能宣称自己是白人——即便我真的想那么做（并不是说我真要那么做）——这一事实本质上并不合逻辑，只能说明种族这一概念是多么荒谬。

※

我1959年出生于埃尔瑟姆，在伍尔维奇长大，这两个地方都位于伦敦南部。作为一名工人阶层出身的非白人女性，我在母亲的肚子里梦幻般平静地度过了九个月，当我从母亲舒适的子宫中被推出来时，不等我开口哭喊，限制就已经等着我了。我的未来并不会一帆风顺，我注定会被视为一个次等人：听话顺从、低人一等、被边缘化、不值一提。一个真正的次等人。

我出生那年，英国议会中仅有十四名女议员，而男议员有六百三十名，这意味着超过百分之九十七的男性掌控了国家大权。因此我们说，我们是父权制社会。这不是一种观点，而是一个事实。在政策层面上，女性的发声很少被听到，也鲜有对母职、婚姻、就业、性自由和生育自由的具体关注，这个国家不管哪里都没有多少女性身居要职、担任领导或手握大权。今天，约有三分之一的英国议员是女性。

我出生的第二年，口服避孕药得到批准，女性可以更自由地掌控自己的身体，但还得再等十六年，即1975年，规定歧视妇女非法的《同工同酬法》和《性别歧视法》才会出台。

可以说，我一出生便背负着妇女作为第二性的历史。我的母亲生于1933年，她当时受到的传统教育是，女孩将来结了婚要服从丈夫，以丈夫的需求为先。社会陈规要求她服从丈夫的权威，她的确也遵从了，七十年代第二波女权主义思潮到来，固有的社会观念被打破和受到冲击，她才开始捍卫自己的权利。有四个在更自由的时代成长的女儿，也让她备受启发。结婚三十三年后，她终于从我父亲那里获得独立。

※

从我的父亲，一名1949年乘坐"帝国号船"来英的尼日利亚移民那里，我继承了肤色，这个肤色决定了在英国，这个我出生的国家，别人是怎么看待我的：一个外国佬、局外人、外来者。我出生的时候，基于肤色的歧视在英国仍然合法，多年以后，反对种族歧视才写入法律，1965年的《种族关系法》一再重申公共场所的种族歧视行为违法，1976年该法才趋于完善。

父亲刚来英国时，社会上盛行一种荒诞的说法，人们说非洲人是野蛮人，是劣等民族。这个说法自帝国计划和跨大西洋奴隶贸易开始就一直广为流传。父亲来自一个一百多年来一直饱受殖民主义侵略和蹂躏的国家。大英帝国试图延续它给野蛮文化带来了文明的神话，但实际上他们的所作所为不过是一次有利可图的资本主义冒险。

虽然关于战后"疾风一代"①的加勒比人有大量的文字记录和探讨，但相应的非洲叙事却一直缺位。两者有许多相似之处。年轻的父亲一到英国，就被粗暴剥夺了作为独立个体的自我，不得不换上一个强加的身份——成为几个世纪以来被歪曲的负面视觉化身。英国当时正从殖民地招募人员，填补第二次世界大战人员伤亡造成的空缺。父亲在尼日利亚不过一介平民，他远渡重洋应召赶来，结果不仅没被当作帝国之子受到欢迎，反而遭遇了那个旧时代肆意的种族歧视。

我同样出生在底层，虽然今天英国的社会流动性已大大提高，但等级制度依然存在，并且影响着人们的生活质量和出路选择。我外婆是个裁缝，外公莱斯利是一名送奶工，当时人称"牛奶推销员"，以前他家有一个牛奶厂。他们唯一的孩子，也就是我母亲，在一所修道院的文法学校上学。等我母亲从教师培训学院毕业，成为一名教师——这是上世纪五十年代初受过教育的妇女可从事的少数职业之一，她就会跻身中产阶级。然而，她却与一个非洲人结了婚，迅速降到了社会底层。从某种意义上说，我母亲先是通过婚姻"加入了"黑人，等她的孩子出生，又因为血缘而更加"成了"黑人；你愿意的话，可以称她为"名誉黑人"。

母亲总说，一见到父亲，她就被他的人格魅力征服了，并没

---

① "疾风"得名于1948年英国政府的"帝国疾风号"（HMT Empire Windrush）轮船，这艘船带来了英国前殖民地的大量移民，特别是来自加勒比海地区的黑人。他们是英联邦的一部分，但在英国遭受了诸多歧视。进入20世纪70年代后，这群人被称为"疾风一代"（Windrush generation）。

有注意到他的肤色。她爱他，爱她的孩子，我们就是她的生命。她看重的是我们，而不是外人那些认为某些人不如其他人高贵的充满种族歧视色彩的屁话。

我的父亲继承的是尼日利亚和非裔巴西血统。他的双胞胎姐姐，在他来英国之前就在生头胎时难产而死。此外，还有三个比他大得多的同父异母的兄姊：两个姐姐，我对她们一无所知；一个哥哥，1927年来到英国，定居利物浦，与一位爱尔兰女人结婚（她的家人因此与她断绝了关系），两人育有三个女儿。

我的父亲出生于法属喀麦隆，在尼日利亚旧都拉各斯长大。他的父亲格雷戈里奥·班科莱·埃瓦里斯托是1888年巴西废除奴隶制后返回西非的那批人之一。我觉得他不太可能当过奴隶。格雷戈里奥回尼日利亚后当过海关职员，想来有一定的社会地位，他还在拉各斯巴西区拥有一栋房子。二十世纪九十年代初我造访那里时，房主急忙向我出示我奶奶泽诺比娅的卖契，担心我是五十年后来夺回房子的。

爷爷似乎是在一个修道院与奶奶结识的，她是他的第二任妻子。显然她不是去那里上学的，因为她并不识字。我手上有一份官方文件，上面有她按的手印，这让我很受触动——那纹路和线条是独属于她的物证。我们没去过尼日利亚，她也没来过英国，我们从未谋面。时至今日，我都对她和我父亲出生前就去世的爷爷知之甚少。父亲不会形容他的母亲，只说她是个好人。

家里那张奶奶的照片我一直视若珍宝。照片是二十世纪二十年代拍摄的，她穿戴很漂亮，我猜可能是在她的婚礼上。她看上去身材丰满、甜美可爱、高贵而端庄。（相比之下，我从没有端庄过。但愿别。）最近，有人给了我一张奶奶临终前的照片，她的变化让我很是惊讶。晚年的她枯瘦、憔悴、满面愁容，粉碎了数十年来她在我心中的理想化形象。四十多年前泽诺比娅失去了丈夫，双胞胎女儿也死了，而我父亲，泽诺比娅的儿子，因为怕她阻挠，在没有告诉她的情况下偷偷移民到了英国，到了英国他也没有写信回去，直到最后他都没写。也许他对自己那样离开太羞愧了。他与我的母亲结婚时，我的母亲承担了跟婆婆沟通的责任，奶奶的回信是让抄写员写的。遗憾的是，她的信里并没透露出她是怎样一个人，她的人生也仍旧是个谜。

1967 年奶奶去世后，我的父亲收到了尼日利亚的报丧信，信是一位亲戚写来的：

> 我这人遵［原文如此］重父母特别是我母亲她在我还是个婴儿时就昭顾［原文如此］我你母亲临终前告诉过我自你离开后你就不再关心她也不再对她有任何兴趣这非常糟糕现在大限已到我非常遗憾地告知你你母亲于 5 号去世葬礼将在 11 号举行……

父亲一贯严厉，我们唯一一次看到他流泪，就是他收到这封信的时候。被赶出了厨房的我们，挤在花园中朝屋里看，不敢相

13

信自己的眼睛。那一刻，所向披靡的父亲变得脆弱无助。我们还以为父亲没有感情，但眼前的一切证明事实完全相反。他没让我们和他一起哭，而选择独自承受。现在回想起来，父亲显然并非我们以为的那样铁石心肠，他只是不会表达自己的情绪。丧母的悲痛将他淹没——不知所措，也许还有内疚，以及意识到再也见不到她的悲痛，一起涌来。

有八个不到十岁的孩子要养活，父亲负担不起回国奔丧的费用。从那以后，他再没和尼日利亚的家人联系过，直到1984年，我问他有没有尼日利亚亲人的联系方式，他才给了我一个表妹的地址，他上次见到这个表妹还是移民以前。我给她写了信并保留了信的副本，在信中我恳求道："我迫切想知道我亲人的消息，姑姑、叔叔、表哥，等等等等，太多了——我还从来没有听说过也从来没有见到过他们。"

这位表姑年事已高，她的女儿代她回了信，她说她母亲听说我的父亲还活着，高兴坏了。她写道，她的母亲"泪流满面，因为她早就不再指望还能听到你父亲的消息……她唱啊跳啊，最后还向上帝祷告"。

二十世纪九十年代初，父亲才重返尼日利亚，那时距他去国离乡已经过去了四十四年。我带他和母亲回到他的故土，一年前我自己已经来过这里。那时我的父母已经离婚，卖掉了家里的房子，他终于可以说自己是一个有钱人了。父亲那代移民到英国的尼日利亚人，都盼望着能衣锦还乡，不然他们就会被视为失败者，使家人蒙羞。英国"遍地是黄金"的荒诞说法在殖民地国家盛行，留在故土的人根本不知道那些最后去了帝国中心地带的人生活有多艰难。

我只有一张爷爷的照片，照片上的他衣着光鲜，神情庄重地坐着，威严十足。他那凶巴巴的表情与我父亲很是相似。

※

令人沮丧的是，父亲的祖辈最多只能追溯到他的父母。到了尼日利亚，人们告诉我，他们当地不喜欢谈论死者，这对我的调查很是不利。无论父亲在家乡的社会地位如何，在英国，他接受的是焊工培训，在车厂上班，属于曾经的棕种人移民阶层[1]。虽然他那代人和易上当的英国女人搭讪时常吹嘘自己是约鲁巴王子，他的社会地位仍然受他的种族和外来者身份钳制，比白人工人阶层还低。不管其经济条件如何，二十世纪的棕种人移民都被视为一个单独的阶层。即使在今天，社会也默认工人阶层的形象是白人，仿佛棕色皮肤和工人阶层天生就不相容。

虽然我说自己是工人阶层出身，但事实往往更加复杂。我的父亲属于棕种人移民阶层，但我母亲因所受教育和从事的职业却被视为中产，尽管她的父母是工人阶层。家里生活很拮据。因为母亲要等到最小的孩子足够大，大到能上学，她才能重返教师岗

---

[1]在英国，棕色人种是一个非常宽泛的类别，包括许多来自印度、巴基斯坦、孟加拉国、加勒比地区和非洲的人。这些人在英国有着不同的经历和社会地位。作者的父亲是非洲黑人背景，但这并不意味着他会被自动归为"黑人阶层"，还要看他的社会和经济地位。

位，因此家里八个孩子的抚养全靠父亲从工厂挣的工资。我的父母很看重教育，他们设法筹钱让我最大的哥哥上了几年幼儿园。大哥仍然记得，当时班上的同学必须轮流大声朗读流行的种族主义儿童读物《小黑人桑波的故事》(The Story of Little Black Sambo, 1899)，故事的主人公是桑波和他的爸爸黑珍宝（Jumbo）、妈妈黑姆宝（Mumbo）。很长时间以来，"桑波"（sambo）在英美一直是个带有种族歧视色彩的字眼，而mumbo-jumbo是形容黑人语言的贬义词，意为"无稽之谈"。七岁的大哥是班里唯一一个有色人种小孩，在他被迫朗读这个充满种族歧视的故事时，教室里哄堂大笑。他一辈子都忘不了那个情景。

我父母还出钱让我们几个去附近的天主教修道院小学上学。这是一所接受资助的公立学校，教会提供部分资助，每年只需象征性地缴纳十英镑的学费。我的父亲是在讨价还价的文化中长大的，在这种文化中，一切费用都有商量的余地，最后他与修女们讲价，争取到了团体折扣价，于是我们的年费从每人十英镑减到了六英镑。反正不是什么有名的贵族学校。

我们小时候总是穿得整齐利落，母亲至今仍为自己有让八个孩子看起来神清气爽的"神通"而骄傲。我们家虽然破败不堪，又怪里怪气，但是一尘不染。我的父母是房主，"房主"这个词有点让人误解，因为按揭买房就是背上二十五年债务的代名词。也许这影响了我，让我年轻时对按揭颇为抵触。

等我们足够大了，我的父母开始实行房屋清洁轮值制，每周六上午，两人一组，进行家庭大扫除，此外每天还要轮流清洗和擦干碗盘。我们很小的时候就自己准备早餐，从十一岁起，我们开始自己洗熨衣服。不出所料，成年后的我们都非常独立。

*

作为一个棕色皮肤的黑白混血儿，在一个白人数量占压倒性的地方长大使我看上去与周遭格格不入，受到关注便顺理成章了。然而，受关注是一回事，遭到不友善的对待是另一回事。

我们全家不仅要忍受那些跟着父母鹦鹉学舌的孩子的辱骂，还要忍受经常朝我家窗户扔砖头的地痞的暴力攻击。窗户一换上新的，我们就知道还会被砸碎。接下来父亲就会追着那些扔砖头的人，拖着他们上门去找他们的父母，让他们赔偿损失。（今天这样做不再被允许。）作为一个孩子，你深受这种敌意的侵袭，却无从理解，也不会表达。你感到别人恨你，但你并没有做任何招人恨的事，最终你只能觉得是自己出了问题，而不是那些人。

孩子需要安全感和归属感，但如果还没开口说话就被别人先入为主地武断评判，你不可能感到安全。这感觉很不公平，因为我打心眼儿里觉得我和周围的白人小伙伴们是一样的。我们喜欢同样的音乐和电视节目，我们呼吸着同样的空气，吃着同样的食物，有着同样的人类情感。长此以往，我在自己周围竖了一个自我保护的屏障，这个屏障至今仍在。

当时棕色人种家庭会收到燃烧弹、粪便或放在门口的死老鼠等"欢迎入住小区"的礼物，我虽没受到过这种流行的"礼遇"，但对门的邻居每次看到我们都绷着脸，从没跟我们打过招呼。其他邻居还好，尽管我们没和他们打过交道。来到英国后的每一天，父亲都会在床边放一把锤子，即便后来已不再需要。我知道，假如不是法律禁止，放在床边的，会是一把枪。从他走下拉各斯至利物浦的轮船的那一刻起，他一直在种族主义暴力之战的最前线。父亲青少年时是一名拳击手，在我眼里，他就是一名约鲁巴战士，对攻击者他都是正面回击。1965年，他起诉了放任狗糟蹋我家花园的邻居。父亲找他当面对质，那人叫他黑杂种，还放狗咬他，一场恶战就这么开始了。后来我父亲想结束纠缠，那个种族主义者却跟随他溜进了我家，朝他扑过去，恶战又开始了。

写下这些文字时，我的面前摆着父亲就这一事件的证词，证词用打字机打在一张又大又薄的纸上，年岁日久，纸张成了深褐色。虽然父亲承受了这么多，但他从不认为自己是一名受害者，相反，他觉得自己是个以其人之道还治其人之身的斗士。我也一样，不过我的战斗武器是语言。我不喜欢别人企图占我上风，这点也向父亲看齐。但我通常不会主动挑起事端，尽量避免冲突，尽管我二十多岁时常常火冒三丈。不过，要是有人当众让我难堪，我也不会善罢甘休。

※

弥撒结束后我们会聚在教堂外聊天，本应笃信虔诚的罗马天主教会神父从没和我品德高尚的天主教母亲以及她那群棕色皮肤的孩子说过话。作为大受欢迎的东道主，光是向教区居民，至少向他的那些心腹，那些晚上邀请他喝酒吃饭的马屁精施展魅力都忙不过来。超级明星一样的罗马教皇显然是普通人遥不可及的，所以神父们就变得很吃香，和摇滚明星一样。对这些并不虔诚的神父来说，这样的社交场合犹如一个庞大的旋转木马。我们去告解室忏悔"罪过"时，他们经常喝得酩酊大醉。星期六上午十一点我们对着告解亭的格窗倾诉时，常常会闻到他们身上散发的阵阵酒气。

神父们从未对会众中唯一的黑人家庭表示过兴趣，也从未伸出过援助之手。我母亲曾经拜访过一位神父，请教如何在教会禁止避孕的情况下不再生孩子。他只是告诉她，避孕是被禁止的，采取避孕措施更是禁忌，可当时教区的多数妇女只有两三个孩子，显然，她们都用了避孕药具。

母亲回忆说，她的第八个也是最后一个孩子临产时，一位神父，也是律修会修士，来医院巡视。提到家庭住址时，他问是不是在"黑鬼住的房子"附近，完全没有意识到我母亲肚子里的孩子正是那些"黑鬼"之一。作为教会戒律的忠实信徒，这个神职人员毫不遮掩的种族歧视言论令母亲大吃一惊。今天，天主教神父的声誉在诸多方面已经臭不可闻，但那时，他们在社区就是神一般的存在，他们的指令无异于半神的旨意。

还有一次，当地的一位神父终于来我家作教务访问了。我的母亲，十六年来教区忠实的信徒，为这份迟来的接受兴奋不已，没想到这位当地宗教领袖却劝她把我们的房子卖给教会。"学校需要"这座最初作为隔壁修道院学校的一部分建造的房子，神父说，同时贪婪地大快朵颐着我母亲做的肉酱黄瓜三明治。

我们一家对天主教神职人员的虚伪心知肚明，等我和兄弟姐妹们陆续到了十五岁，参加完十年主日弥撒，可以自主决定是否继续留在教会的时候，我们一个接一个地离开了，再也没有回去过；我母亲后来也找了个时机退出了。

✳

我们几个并没被父亲这边的尼日利亚文化所同化，当我们展示对他出生地的好奇时，他断然回绝了我们。我们成年后，他解释说那是他故意的，为的是让我们更好地融入这里。事实是，他没有时间、耐心和心性来教八个不同年龄的孩子学习他的文化和语言。家里那么多孩子，谁做得到呢？脱离日常情境去学习约鲁巴语很难。这门语言包含多个声调，每个声调都对应着一种含义，所以明明是同一个单词最后却可以有好几种不同的解释。例如，"oro"可以是"朋友""城镇""供品"和"手杖"；而"ogun"可以译为"财产""药品""战争""魅力"和"二十"，它还是约鲁巴神殿中一个神的名字。几年前，我尝试去夜校学习这门语言，但只学会了从一数到十。

在那个孩子们可以自由地在外面游荡，没有现今那么多不无道理的担心和限制的年代，父亲很少让我们出去玩，更不会让我们上街。有段时间我们确实有过一辆自行车，但因为我们八个人骑，有和没有一个样。我丈夫的童年里，他可以早上带着便当出门，跟朋友们在公园里玩上一整天，只要天黑前到家就行。多么幸福的童年啊。谢天谢地，我家多少还有个大花园，可以让我们在里面撒欢。

作为移民，父亲的育儿理念与英国本地的观念完全不同，二者不可调和的文化冲突某种程度上毁掉了我的童年。对于一个二十世纪二十年代生人的尼日利亚裔来说，孩子就该乖乖听话，忤逆父命就要体罚。不过，我们并没有生活在动辄体罚打骂的尼日利亚，我们生活在英国，这里打孩子这一观念早就过时了。父亲让我们心生畏惧，这种畏惧是平日里的宠爱抵消不了的。当我看到我的同学们即使犯了错也只会被父母口头批评一顿时，我觉得太不公平了。我生活在对父亲的恐惧之中，害怕犯小错时他用的木勺，害怕犯大错时他用的皮带。母亲通常会替我们求情，但她不能推翻 Oga（大酋长）的权威，他是首领，是一家之长。

童年时期，在我生活的英国郊区，除了如至上女声组合、杰克逊五人组、史提夫·汪达和四顶尖合唱团等美国音乐外，再没什么积极的东西能与黑人联系在一起了。正相反，黑人就是坏、邪恶、丑陋、低劣、犯罪、愚蠢和危险的同义词——而我的父亲又是那么吓人。我一个哥哥常说："爸爸从前门进来，快乐就从后门溜走了。"他从不和我们说话，除非是对我们的调皮捣蛋进行长篇大论的教育，有时一训就是一个小时，而我们不得不像好孩子一样乖乖站在那里，其间不能偷笑、皱眉、打哈欠、翻白眼，不然就会挨揍。假如我们想跟朋友一起出去玩，需要提前几周申请，并且必须再听上一遍关于社会多么险恶和我们品行多么不良的教导。训诫通常在他吃晚饭的时候进行。他总是下班回家后自己做晚饭。肉、土豆、胡萝卜、卷心菜全部捣碎，再拌上肉汁，之后并不出锅，他直接端着锅吃，就像他早上喝粥时那样。想想看，这么做其实很务实，毕竟省去了洗碗的麻烦。无休无止的训话终于结束的时候，我们的请求很可能会遭到拒绝。对了，训话之前还可能有一顿揍等着我们。

通常父亲下班到家时，我们已经吃过了下午茶。他和母亲坐在厨房，我们这些孩子聚在楼上客厅看电视。听上去他总是怒气冲冲，所以我们会把耳朵贴在地板上，听他在说什么。其实大多数时候他根本不是在发火，造访拉各斯之后我才意识到，父亲的说话方式是尼日利亚当地所特有的。在拉各斯，似乎随处都能看到男人们在厉声嘶吼，后来我才明白他们只是在声情并茂地交谈，只不过嗓门很大就是了。

晚饭后我们会与母亲开心地聊天，她鼓励我们每个人都要畅所欲言。我们会聊当天的见闻，互相打趣，谈论时事，尽管实际上并没有听上去那么令人振奋。要是父亲在，他会默默坐在桌子那头，埋头吃锅里的东西，或者加入我们，发表关于政治的长篇大论，彻底浇灭大家聊天的兴致。他吃东西动静很大，所以我总是尽量坐得离他远一点。

二十五六岁之前我从没跟他好好聊过。假如我百分百坦诚，我会说青少年时的我鄙视他。我痛恨他给家人带来的压迫，痛恨他限制我们的自由。我一直保存着一本1975年的每日一页日记，这本日记大部分都是空的，只有几页上面反复写着我恨他。

等到我离家独立生活后，他不再有权管我，我的敌对情绪开始消退。随着时间推移，慢慢地，我开始爱他，或者说承认我对他的爱。我与他共同生活了十八年，他是我生命中不可或缺的一部分。如果早点摆脱他的统治，我本可以早点开始与他更平等相处的。

✳

母亲正相反，他们二人迥然不同。她平易近人，善于交际，他则不然；她温柔慈爱，他则凶狠冷漠；她脾气温和，而他喜怒无常。母亲回忆说，在我们很小的时候，我们的父亲全程参与了照顾孩子——在他早晨上班之前和夜晚回家之后。尽管她不必一个人扛下所有的育儿劳动，她还是得等到最小的孩子能上学之后才能重返全职教师的工作岗位，一人扛起两份全职工作——母亲和教师。

母亲喜欢操持这一大家子，并设法兼顾各种需求。她很擅长管账，我们从当地杂货店或合作社买东西回来时，哪怕少一便士，她都会打发我们回去要。而父亲，每周都去伍尔维奇采购——从肉铺买肉等男人负责买的东西——有点猎人打猎的意思。一到家，他就把买来的所有东西摊在餐桌上，对照收据一一核对。要是发现少找了零钱，他也不觉得花十五分钟再回城一趟是个事。

因为经济拮据，母亲会数我们盘子里的黄瓜片和生菜叶，确保我们营养均衡。我们必须把盛到盘子里的食物吃完，两餐之间不许吃零食。挑食、暴饮暴食更是不许。那时候，"自助"用餐模式还要很久才会成为英国家庭的日常。周五晚上的一两颗硬糖是每周的一大享受。我们身体一直很棒，除了感冒几乎没生过什么病。我们没钱去咖啡馆或餐馆，度假更是稀罕。我只记得，一次学校组织去巨石阵旅行，还有一次是在拥挤的大篷车里露营，外面雨一直下一直下，还有一次令人难忘的糟糕经历是去拜访母亲在萨默塞特郡的朋友，他们的孩子歧视我们并叫我们"猴子"。想一想有多伤人吧。我当时九岁上下，对外出度假那么兴奋，那些本应好好招待我们的孩子却对我们那么不友好。母亲原本打算让我们这群孩子到乡下生活的，但她明白，在那里我们会深受种族歧视之苦。

✳

我的母亲是个了不起的女人，勇敢又可敬，但她非常谦虚，从不承认这一点。她有一种大地母亲的气质，调和了父亲的专制家长作风。她自己的母亲控制欲很强，她很抗拒这个，所以她希望自己的孩子能自由呼吸，不要被我们的父亲吓到。去教堂的路上，我们几个争先恐后地要跟她拉手，晚上等她终于做完家务和我们一起看电视时，我们会争着给她按脚。

当然了，她的注意力不得不分散开，因为十年生下八个孩子意味着最年幼孩子的位子很快就会被新生宝宝夺走。尽管她很爱我们，但我们能与她亲密依偎的时间极其有限，我最大的姐姐不得不分担一些父母的职责。而我，一个处于中间的孩子，则什么责任都不用担，天天只顾着自娱自乐。

我是个假小子，夹在哥哥和弟弟之间，一开始他们还让我跟他们一起玩，后来就不了。比起跟我这个女孩，他俩之间更亲密。我是老四，处于中间的孩子往往非常独立，因为显而易见，你只用管好自己就行。我一直觉得自己内心很强大，不需要他人关注，不黏着别人，也并不会时刻渴望得到认可，我很高兴一个人待着。从我漫长的人生和职业生涯来看，坚韧的内心对于我的创作至关重要。这种坚韧可能在我很小的时候就开始形成了。我从来没有看过心理医生，只因为我喜欢与我的心魔共存。这里的"心魔"不是说我有未抚平的心理创伤，而是说我更习惯于自我拷问，从不觉得有寻求帮助的必要。我喜欢自己解决问题，对我来说，写这本书就是一次大型的自我审视。

我那不近人情的父亲要求他的孩子晚上睡觉之前必须亲吻他，跟他道晚安，强制我们表现爱意。我睡前最不想做的就是这个了，其实任何时候都不想，但如果不下楼去厨房找正坐着看报纸或听收音机的他，进行这个仪式，灾难就会降临。

父亲从来没有把我当作一个独立个体对待过，我也想不起跟他的谈话有哪一次不是说教。对他来说，孩子们就是一个整体。他从不会说"你今天过得怎么样，Bolaji？"（我的约鲁巴语名字是 Mobolaji。父母给我们分别起了英语和约鲁巴语的名字。）假如你跟你的孩子一天都没有待过，你怎么可能跟他们亲近得起来呢？

相反，母亲希望我们都能成为有独立思想的个体，不要墨守成规。她目睹过外婆的生活是怎样因担心邻居的指指点点而黯淡无光的。在外婆住的郊区，尽是些喜欢躲在窗帘后面偷窥的家伙，他们在陈腐的观念里故步自封，努力用理想之家的那套和修剪整齐的花园来装点门面。

然而，一旦我们真的长大到可以独立自主的时候，母亲就后悔了。谁让我们有时候太难对付呢。有点矛盾的是，在我三十多岁时，母亲告诉我，她不太喜欢小时候的我，因为我"个性太强"。我对母亲不喜欢我并没有什么印象，所以我并没感觉受了什么伤害，但得知此事我还是挺受伤，我对她说，这在大多数人的一生中都算不上什么罪过。她解释说，她的意思是我小时候太闹腾，给她添了不少乱，毕竟她还有这么多孩子要照顾。这么一想，她相当于说小时候的我活力四射，这个评价我还挺喜欢，所以就不再不高兴了。再说，我的确记得自己小时候经常惹麻烦。

时间一天天过去，我终于明白并心怀感激，是父亲让我们都平平安安的，得到了很好的照顾，并且衣食无忧。在那个跨种族婚姻往往无法长久的时代，我的父母一起生活了三十三年。假如他在尼日利亚，会有更多人帮衬他养活这一大家子，但他不在，他在英国，他已经尽他所能肩负了父亲的责任。可是我们怕他，他也替我们这群孩子提心吊胆。他知道在英国生活对于我们有多不安全。他有四个男孩和四个女孩要保护。我们进入青春期后，他可能还要确保我们不会自己伤害自己。

在外，我的父亲是聚会的灵魂人物，他擅长社交，能与各种肤色的人打成一片，就和我一直以来一样。他喜欢去伍尔维奇镇中心的天主教俱乐部待着，尽管他并不是天主教徒。通常他是那里唯一一个黑人，而且往往只喝一两杯，并不贪杯。印象中他并没有哪次回到家是醉醺醺的。

*

二十世纪七十年代，我的父母投身政治活动，我无比自豪，因为他们身上不仅有跨越种族的爱，而且还高举平等的旗帜。父亲在工作中结识了一个波兰人，一位深深影响了他的思想的共产主义者，后来他加入工会，成为工厂车间的工会代表。因为代表他的工人弟兄们站出来与管理层对抗，他丢了不止一份工作。在最后一份工作中，他因为空调冷气不足与经理发生口角，骂对方去死，这件事想来也没给他带来好结果。之后他自学管道工程，并成立了自己的公司——卡杜纳管道公司，但因为不愿意按市场价向贫穷的客户收费而赔了本。他还被选为当地工党议员。这个无偿岗位旨在帮助所在选区的弱势群体，尤其是那些靠救济金生活的低收入群体，并代表他们参加当地议会会议。

就这样，父亲成了格林威治区第一位黑人工党议员。当地另一位议员一直拿种族主义说事，暗中诋毁他，父亲没听从母亲的建议像英国人那样以退为进，而用了更原始的手段反击。那天，在市政厅外面，他就像真正的约鲁巴战士，上去就是狠狠一拳，将对方打倒在地。父亲被开除出工党。但他并不气馁，之后以无党派的身份当选，继续做他的议员。

我父亲还参与建设了当地日益扩大的加勒比黑人社区，确保为非裔和加勒比老人开发的福利性住房工程顺利推进。没想到的是，他人生的最后一年也将在里面度过。

另一边，母亲重返教学岗位，一头扎进工作中。即便今天，走在伍尔维奇的大街上，仍会有一些身材魁梧的中年人走上前来，自称是她以前的学生，向这位教过他们的出色老师致谢。当然了，她极少能认出他们，但他们对她念念不忘。母亲还是她任教中学的工会代表，曾勇敢地与管理层交涉，确保教职工不被剥削。

我的父母曾做过一段时间的社会主义工人党党员。和我一样，他们到伦敦市中心参加过反纳粹和反种族主义的示威。一次游行结束后，母亲和姐姐看上去惊慌失措的，原来她们沿着怀特霍尔街游行时遭到了骑警队围捕，途经的唐宁街10号首相官邸当时还是一条开放的大道。骑警冲向人群，把她们赶进一个死胡同。她们吓坏了，稍不留神就会被踩踏、致残，甚至丧命。警察当时使用的这种策略被称为"围堵"(kettling),危险极了。

　　写到这里,一切才明朗了起来,原来我的创作生涯和对社会运动的积极参与都可以追溯到我的家人。我在一个政治氛围浓厚的家庭长大,在这个家里,母亲鼓励我们多元发展,父亲和她都在担负社会责任和参与政治方面为我们树立了榜样。

　　二十年前的一个午夜,我接到一通电话,电话那头告诉我父亲在几次中风后离世。我彻底失控,瘫倒在地抽泣起来。那时,我童年时期可怕的怪物已经蜕变为一位孤独的老人。与母亲结婚,抚育我们,成为一家之主的那段时光是他最后的光辉岁月。与家人分开,独自挪到一个从未被修缮过的小"待修房"①之后,他开始酗酒,也不再好好照顾自己。自身的整洁他还能保持,但房屋不行。最后,他喝酒越来越凶,经常坐在椅子上就睡着了,甚至懒得上楼去卧室,我们给他订的外卖几乎动都不动。在世的最后几年他过得很是悲惨。显然爸爸不想活下去了。

　　父亲去世几周后,我接到一个女人的电话。一个压根儿算不上朋友的女人,一个除了看日间电视剧、对英国当局发牢骚外几乎什么也不做的扶手椅社会主义者②。她从未见过我父亲。我告诉她我父亲去世的消息,她回答说:"哦,我听说他是个汤姆大叔③。"

---
①待修房(doer-upper),指需要进行修缮或装修的房子。
②扶手椅社会主义者(armchair socialist),也可译为"纸上谈兵的社会主义者""空想社会主义者",指政治上属于左翼,但只发表政治声明而不积极干实事的人。
③想讨好侍奉白人、逆来顺受的黑人男子,典出自《汤姆叔叔的小屋》。

从那以后，我再没和她说过话。

※

我的父亲慷慨、刚毅、无所畏惧，为了他人的权利他会不惜搭上自己的时间去抗争。他肯定得罪了某些人，但他能从一个深陷泥沼的移民摇身一变，成为社区各肤色工人阶层的权利捍卫者，令人心生敬畏。我对他已经不再像小时候那样了。小时候如果有机会与他断绝关系，我一定会第一时间逃走。他那黝黑的皮肤在幼小的我看来很是丢人，我记得当时一见他朝我走来我就会逃到马路对面。十足的种族主义内化。今天，人们明白了加强文化自信的重要性，对于生活在白人占多数社区的棕色皮肤孩子，父母会向他们灌输自我价值感。那时候，什么自信和自我价值，简直想都不敢想。黑色不好，白色才好。小时候，我做梦都想拥有白皙的皮肤，披肩的金发，好像只有那才是美的标准。我们那代黑人女孩甚至会把羊毛开衫披在头上，假装自己"长"发披肩。

在我的童年，对这些问题的认识还没有普及，社会支持网络、讨论、书籍、媒体关注并不存在；即使存在，身在伍尔维奇的我也接触不到。身为有色人种，你必须自己去解决问题。我们知道，一些混血儿并不以黑人自居，他们会坚持自己是黑白混血，这是他们的权利。假如你的肤色浅到可以归为白人，就又多了一个选项，这些人当中的一部分就会可悲地为取得新的白人身份，而与自己的出身完全脱离。过去有不少名人这么做过，比如好莱坞明星卡罗尔·钱宁和曼尔·奥勃朗[①]。

*

孩童时期的我,似乎总会下意识地被那些主流之外的人所吸引,并没有意识到这已经成了一种习惯。我儿时最好的朋友有一半伊拉克血统,尽管外表看不出来;另一个朋友则有一半希腊血统。少女时代我的第一任男友是黑皮肤的匈牙利犹太人,第二个是英国白人,但在南非长大。1979年我上了戏剧学院,终于能认识亲姐妹以外的黑人女孩了,而且那届有五名黑人女学生,简直创下了纪录。现在我找到了她们,我们一起分享同为局外人的经历,一起诉说寻找归属感的挣扎,我们都曾被社会不由分说地告知我们不属于这里。我很快就选择了黑人身份作为自己的政治认同,一切是那么顺理成章。

通过肤色意识让自己与黑人站在一起,我重新看见了黑人文化,并对尼日利亚的民族传统和更广泛的非洲、非洲古代文明以及大英帝国与非洲的关系萌生了新的好奇。尽管历史上英国与非洲、亚洲和加勒比地区交织了数百年之久,但在我还是孩子的时候,黑人的历史仍然在英国的教育体系中缺位,直至今日依然没

[①] 卡罗尔·钱宁和曼尔·奥伯朗是好莱坞明星,她们都有非白人的血统,但在职业生涯中却冒充白人,两人都以与自己的族裔出身脱离关系而为人所知。卡罗尔·钱宁有一个出生在奴隶制度下的黑人祖母,但她直到2002年81岁才透露自己的非裔身份。曼尔·奥伯朗出生于印度,母亲是斯里兰卡和毛利人的后裔,但她声称自己出生于澳大利亚的塔斯马尼亚,从未承认自己有亚洲血统。

有很大改善。你不能把英国的帝国主义扩张史与它今日的国家形象割裂开来,但在我们的教育中,这种堂而皇之的歪曲和遗漏却到处都是。

混血儿有自己独特的阅历、对世界的观察和面临的挑战。我离开戏剧学院,开始进入黑人圈子时,身份认同并不像我预想中那样简单。童年时我会因为自己的肤色不自在,如今我主动以黑人身份自居,在这个过渡过程中,虽然我被黑人女同学们所接受,但在其他圈子里,我并不总是被接纳。很快,我就遇到了"正宗黑人"(Authentic Black)这一概念,我并不符合这个标准。有些人对这一概念的界定十分明确,他们指导我如何思考、说话、穿着和跳舞,跟谁约会甚至如何写作。这种可笑的尝试意在对黑人概念进行提炼,是一种过度简化。世上黑人有十几亿,难道他们都得是雷鬼音乐[①]的粉丝?虽然"黑人如何生存"(How to be black)这一理念的支持者觉得他们是在打破刻板印象,但这正是种族内部的刻板印象本身。我一开始就没有通过考验,因为我说的是标准英语,不是加勒比裔后代使用的卷舌方言。对批评我的人来说,我是不是加勒比裔并不重要。

现实情况是,世上的黑人文化和黑人群体并不只有一种。我们并不是一模一样,不能被简单归为几个词语了事。

在我的新世界里,指责我太白是我能想到的最糟糕的羞辱,

---

①雷鬼音乐,20世纪60年代中期起源于牙买加的拉丁音乐,反映了黑人所经历的压迫、贫困和社会不公,并表达了他们的希望、抗议和自我解放的精神。它不仅仅是一种音乐形式,更是黑人文化和身份的象征。

它暗示我不符合所谓正宗黑人的标准。在这种标准下，无论是种族意义上还是文化意义上，我都"有罪"。早些年，在我公开宣称自己的黑人身份后，有时我为自己是黑白混血感到尴尬，有时我不得不为之辩护。

现实情况是，在英国，一个肤色较浅的中产阶级妇女与一个肤色较深的工人阶层黑人妇女被对待的方式完全不同，而后者又与各个阶层、职业或性格的黑人男性不同，一个在路上正常行走的黑人男性更有可能以"身为黑人还闲逛、开车或呼吸"的罪名遭到警察迫害。

这种肤色歧视（colourism）或肤色等级制度（shadism），虽然叫法不同，但由来已久，从种植园奴隶制到今天黑人群体的内化种族主义[①]，无处不在。

※

二十世纪八十年代第一次去埃及时，我震惊地看到，广告牌上的模特大都金发碧眼，而金发碧眼的白人在埃及屈指可数。在尼日利亚，我第一次见识了美白霜以及它们给皮肤带来的永久性伤害：假如你不符合浅色皮肤的"完美典范"，肤色歧视就会伤害你的自尊，进而导致自我厌恶。很久以前，我和一个皮肤黝黑的尼日利亚人约会，他告诉我，他只和混血儿约会，而我的肤色

[①]内化种族主义，指的是处于边缘化种族群体中的成员往往由于生活在一个偏向白人、歧视有色人种的社会中，而将种族主义态度、信仰和价值观内化的现象。这种内化可能导致负面的自我认知、低自尊和自卑感。

在他愿意交往的人中是最黑的。他这样说，好像我应该感谢他对我的赞美。作为"头脑清醒的姐妹"，我并没有被他那阴暗的肤色等级主义观念迷惑，我们合不来。现在回想起来，我不得不承认至少他很坦诚。2011年英国人口普查显示，40%的黑人男子会选择白人女性为伴侣，甚至那些在肤色歧视游戏中兼顾黑人女性的美貌和性感的混血儿都入不了他们的眼。难怪怨恨和分裂至此。

在英国长大，有一个白人母亲，这无疑给我带来了许多优势。虽然她不能帮助我们深入了解尼日利亚血统和传承，但她能以一个本地人的视角和洞察教我们英国的习俗和社会规范，使我们更轻松地应付英国文化。这与我的父亲截然不同，他是以移民，一个外来者的视角感受居住国的。他说带尼日利亚口音的蹩脚英语，我在回放采访他的录音带时才发现这点，那年我三十出头。太奇怪了，我以前居然从未注意过；他的声音我太熟悉了，尽管我一生都在听他说话，但从未真正留意过他的发音。

父亲的母语是约鲁巴语，英语是他的第二语言，他的官方信件和表格填写都是在我母亲帮助下完成的。她读书，他只看报纸。他是公共领域的挑战者，她是公共领域之外的深度思考者。他对我们说教而不跟我们聊天，而她则给我们讲述她的童年故事。

※

母亲与父亲订婚时，遭到了她家人的集体反对。在他们看来，这是一场可恶的结合，这桩婚事不但毁了我母亲，也玷污了家族声誉。当时跨种族通婚很是罕见，是诸多社会禁忌之首。

我的父母两情相悦，铁了心要共度一生，没有人能阻止他们。参加他们小型婚礼的，有他们的尼日利亚和英国朋友，还有我的外婆，女方家庭的唯一代表——婚礼照片上，外婆的脸色很是难看，而她周围的人都在微笑着庆祝。

对于母亲一家来说，没有什么比他们的结合更糟糕的了。外婆憎恶我的父亲，两人之间的敌对自始至终都没有冰释。她德裔英籍的祖母再也没有和她说过话；她最心爱的姨妈，"二战"期间被疏散到乡下，待她视如己出的姨妈，也和其他亲戚一样迅速跟她断了关系。令人啼笑皆非的是，就是这个姨妈嫁给了一位犹太流亡者——那人在1933年纳粹上台后离开了德国，"二战"爆发时，被当作敌国侨民关押在加拿大，请愿成功后才被释放。他是一名医生，所以总的来说，对这个上一代还属于贫困工人阶层的一心想向上爬的家庭来说，跟他结合利大于弊。

这是我儿时学到的教训之一。我亲眼见证了遭受压迫的人如何摇身一变成为压迫者。我只在1986年外婆的葬礼上见过这位姨姥姥一次。她进门微笑着挨个向棕色皮肤的年轻亲戚打招呼的时候，是那么亲切和蔼。我怀疑她是否知道她的背叛对我母亲的打击有多大。很可能她说服了自己，是我母亲背叛了她，而不是她背叛了我母亲，因为她嫁给了一个黑人。

这位姨姥姥耄耋之年去世，之后我就和她的德国丈夫成了朋友。他对妻子的种族歧视颇有微词，尽管是他对我的母亲苦口婆心，说如果嫁给我父亲就会有生出下等杂种的风险。（他应该为大放厥词而被医学界除名。）我对这个在家族叙事中占有重要位置，但我们却完全不了解的人感到好奇。我并不相信他对事件的叙述，但在拒绝接受我母亲的半个多世纪后，他变得与时俱进，甚至还一度交了位摩洛哥女友。这是我学到的另一个教训：人是可以变的，我们也可以原谅他们过去的错误。

外婆在一个大家庭中长大，尽管有七个兄弟姐妹，她却并不赞成自己的女儿生这么多孩子，因为她知道这意味着艰辛和挣扎。她尽己所能地帮助我们：为我们做衣服，为每个孙辈织五颜六色的毯子（我的那些到现在还留着），攒着优惠券为我们买校鞋。

能说明问题的是，虽然我们是外婆仅有的外孙，但我们的照片从来没和其他家人的照片一起在她家陈列过，只有漂亮又娇小的老大，我的大姐除外——她不像我父亲那样黑，这令外婆很是欣慰。后来，我的一个兄弟娶了一位白人女子，之后他们二人的照片也被摆上了她家窗台。总而言之，在她家，八个孙辈中只有两人的照片被展示过。

尽管我们玷污了她的血统，但对我们来说外婆还算是个可爱可亲的长辈。她压抑着自己的偏执，只表露本性中美好的一面，但偏执仍然潜伏在她没那么完美的内心深处。她对我们的头发颇有意见，在我二十多岁告诉她我想去尼日利亚时，她大为不解，担心我回来后"看起来像个黑鬼"。

她一心一意地为她唯一的孩子规划着未来。她生下了我母亲，把我母亲养大，为我母亲操劳，对她而言，我母亲就是她的私有财产，所以女儿必须完全听命于她。不幸的是，我的母亲用行动证明她也有自己的野心，那就是她不会让任何人阻止她嫁给她爱的男人。这不啻扔了一颗反叛的手榴弹，将外婆的梦炸了个粉碎。

*

我母亲从没真正吃过苦，但我外婆吃过。为了帮助养活住在伊斯灵顿拥挤不堪的出租房里的一大家子，外婆十三岁就辍了学。她的第一份工作是在一家血汗工厂为有钱女人缝制天鹅绒礼服。外婆吃苦耐劳，在与外公订婚后的第七年，也就是1932年，两人攒够了三百英镑，买了自己的房子；当时劳工阶层可以申请抵押贷款，他们也负担得起。外婆是个裁缝，如果放在今天她会被冠以"服装设计师"的头衔，因为她的确有这个本事。她在家工作，为女性设计婚纱等服装，无图样缝制。

外婆身高不到五英尺，娇小玲珑，八十多岁了腰还是很细。她生活节俭，量入为出，注重储蓄。她饭量很小，除了偶尔吃块饼干或硬糖，两餐中间从不吃零食。她几乎不喝酒，只有圣诞节那天才会抿上一口，食品储藏柜里的一瓶雪利能喝好几年。她总是打扮得漂漂亮亮的，头发会精心打理，脸上搽粉，再穿上自己缝制的连衣裙，裤子是从来不穿的。出门在外的时候，她还会戴色彩鲜艳的帽子、手套，再蹬上漂亮的鞋子，颇有伊丽莎白二世的女王风范。

外婆的一个妹妹在工厂当了一辈子主管，终生未嫁，但有过几段风流韵事，这在当时相当有伤风化。另一个妹妹比外婆小十岁，受过小学教师培训，但由于男性失业率高，禁止已婚女性从事教学工作的"结婚关限"[①]的存在，被迫放弃了这一职业。

作为工人阶层家中独女，我的母亲被教育要文雅、安分守己、追求上进——"普通"被视为最大的罪行。阿比伍德是新开发的伦敦"新城"之一，这里过去是乡下，整个小区满是觉得自己住不配位的人。他们从煤灰满天飞的城市贫民窟逃到环境更好的市郊，首次抵押贷款购得新房产，开启生活新篇章。

我喜欢把外婆看作女权主义者，尽管她并不真正理解女权主义意味着什么。她希望我的母亲能在事业上有所成就，也不认为性别是成功的障碍。家就是她的整个世界，她是掌管这个世界的女主人。

外婆望女成凤，很有远见，又老谋深算。为了能让我的母亲上当地的修道院文法学校，她还给学校做了漂亮的窗帘作为礼物。为了防止 11+ 考试[②]落选，她还让女儿提前一个学期入学，好确保万无一失。贿赂没有白费，修女们悄悄地提前接收了我母亲，虽然她确实通过了 11+ 考试。到了下一代，我母亲也做了类似的选择，她利用自己的教师人脉，让我进了另一所文法学校。在那

[①]指办公室不会雇用已婚女性，而未婚女性一旦结婚就会被解聘的社会习俗。
[②]小学最后一年小升初的选拔考试，专门针对想去文法学校和私立学校念书的学生。因考生年龄大体在 10—11 岁而得名。

之前，我没能通过最想去的学校的可怕面试，现在想来，只能说种族偏见是始作俑者，因为我已经通过了 11+ 考试，完全有入学资格。这所学校没有黑人学生，我被偷偷塞进去的那所也没有。不管人们对文法学校的筛选流程有什么看法，这项特权确保我在这样一所学校的红砖墙内度过了七年。

*

母亲那脉很早就在我的家乡伍尔维奇扎根了，祖辈们的住所离我们不远，步行即可到达。有几位是劳工。1838 年出生于萨塞克斯的外高祖母简，是十九世纪农村城镇化移民大潮中的一分子。她嫁给了在伍尔维奇兵工厂上班的工人威廉·布林克沃思，生了八个孩子，只有两个活过了两岁。这在当时并不稀奇。单凭一个工人的工资，他们不可能不缺营养，个人卫生与自来水简直是奢求，也几乎享受不到医疗服务。

克里斯托弗·海因里希·路易斯·威尔肯宁，人们都叫他路易斯，是母亲的高祖父，十九世纪六十年代他从德国移民到伍尔维奇，娶了英国当地女子，生了九个孩子，还在船坞开了两家面包店。来英十年后，英国开始出现反德情绪，并一直持续到"一战"之后。名字听起来像德国人的大都遭到严重迫害，甚至乔治五世也将其德国家族姓氏从萨克森-科堡-哥达改为温莎。战争爆发前，路易斯已经入籍英国五十多年，战争期间他的面包店窗户被砸碎，就像五十年后我们的窗户也被砸得稀碎一样——理由基本相同。

他的面包店遭袭时，我的外公莱斯利正读中学。他应该亲眼看到了自己祖父遭受的迫害，值得称赞的是，在女儿要嫁给非洲人时，只有他一人没有反对。他告诉我的父亲："我不管你来自哪里，只要照顾好我女儿就行。"遗憾的是，他在我们这些孙辈出生前就去世了。

外婆的母亲玛丽·简生于1880年，十二岁随父母从爱尔兰来到伦敦。母亲艾玛是爱尔兰人，在奥法利郡比尔镇的军营工作，父亲亨利·罗宾斯是驻扎在那里的一名英国士兵。抛开他是不是天主教徒不谈，英国人和爱尔兰人通婚，极有可能受到爱尔兰那头的公开谴责，人们会觉得她是叛徒。而在当时的英国，几百年来对爱尔兰的歧视很是猖獗，这种偏执一直持续到二十世纪五六十年代。爱尔兰人被视为野蛮人、原始人、异类；他们在媒体上被嘲笑，在漫画中被讽刺，忍受着英国人一次又一次的羞辱。

艾玛和她的女儿玛丽·简1892年跟着亨利一起到伦敦时，一定切身感受到了这种冲击。等我的外婆出生的时候，玛丽·简可能已经被当成英国人了。假如你的肤色与大多数人的肤色一致，改掉口音，并遵循居住国的文化规范，同化就会容易得多。有段时间玛丽·简还在邮局当过邮件分拣员。我已经八十七岁的母亲，现在还记得小时候去邮局看她的情景——这个鲜活的记忆使今天的她与一位十九世纪生人联结在一起。

外婆的父亲塞巴斯蒂安·伯特是个吹玻璃工（温度计制造者），

三十三岁就因从事的工作去世了。吹玻璃在今天依然很危险，更不用说一百多年前了。他 1877 年出生于考文特花园的圣贾尔斯，当时英国最危险、最臭名昭著的贫民区之一，如今成了伦敦最受欢迎的一个购物区。

外婆是在维多利亚时代落幕几年后出生的，当时工人阶层占总人口的 80%，是贫穷的无产者。那时，工人阶层出身意味着低下的生活水平，很差的卫生条件，几乎享受不到的教育与社会的进步，以及很可能的早夭。外婆一心想实现社会地位的跃迁，她对追求取消阶级之分的乌托邦畅想丝毫不感兴趣。作为一名保守党选民，她过上了梦想中的城郊生活，尽管讽刺的是，促成她实现梦想的正是她拒绝接受的社会主义思想。这让我想起今日英国的有色人种成功人士，他们谴责反种族主义的努力和运动，拒绝承认他们正从几代先辈的全力奋斗中受益。

我想象着，我的外曾祖母玛丽·简很可能将自强不息的基因遗传给了她的女儿。当然，从现存照片来看，玛丽·简漂亮，自信，神采奕奕，看上去前途无量。外婆也希望女儿过上比她自己逃离的生活更富足的日子。母亲又把这个观念传给了我，我能过上创造性的生活多亏了她。

*

在英国，我们从一出生就被潜移默化地灌输的观念是，这个国家存在社会等级的细微差别，而显然我从小就在努力从工人阶层向中产阶层迈进了。我很早就觉察到，成为中产阶层是更好的选项，对有色人种来说尤其如此。人们可能会根据肤色对我所处的阶层做出负面假设，但只要我一开口，他们马上会收到一个不同的信号，一个对我有利的信号。外婆明白，不管童年时期的她在二十世纪初的伊斯灵顿家中说的是什么工人元音，最好统统改掉。为了"出人头地"，我们两个人都钻了这个充满歧视的不公社会体制的空子。

在这个阶级分化依然存在的社会，对于那些想让自己看上去出身更高的人来说，改口音仍然不失为一个选择，而对那些出于各种原因想让自己显得亲民的人来说，口音的刻意粗俗化在九十年代则成为一种时尚。

母亲和外婆一直说话很"好听"，以体现她们的教养，我们这群孩子也继承了这一点。我走得更远，十四岁开始我就在学习标准的英式发音。事情的起因是我在伍尔维奇的一家剧院分发节目单，当时我旁边是一个和我同龄的中产孩子，他在观众进场时彬彬有礼地问道："您要看节目单吗？"而我则上去就是一句："要不要节目单？"相当粗鲁。那一刻我醍醐灌顶。我第一次听出其中的差别。

外婆家的每个人都渴望实现社会阶层的跃迁。他们想让自己在这个体制中生活得更好，而不是不停地撞击这个体制的铜墙铁壁。我母亲的不同之处在于，她加入了我父亲的行列，两人一起为改变充满歧视与不公的体制而奋斗。假如她像人们所期望的那样嫁给一位白人中产阶级专业人士，她本可以享有这个体制的特权。

我知道我的父亲，一个尼日利亚人，战斗精神的起源，他们天生就是强大的战士，但我不知道他缘何对社区如此慷慨忘我。他本可以只需管好自己和家人，但他没有。也许在他自己的成长过程中，有什么在指引着他，正如我自己的成长经历为我将来的创作生涯奠定了基础。

tpeġen（古英语）

eji（约鲁巴语）

a dó（爱尔兰语）

ʒwei（德语）

dois（葡萄牙语）

❋ 二

住宅,公寓,房间,家园

外婆不赞成我父母的结合,小时候的我对此不以为然,但有一点不出外婆所料,她一心想有一个大家庭的独生女,最终在家里捉襟见肘的情况下还是养育了八个孩子。

我家在两点上最为出挑:我们是这个白人社区中唯一一个跨种族家庭,我们那维多利亚式房屋是整条街上最大、最标新立异的一栋。小时候,我就很想住在一个舒适的两上两下的小房子①里,就像我外婆的半独立式住宅一样,铺着地毯,贴着墙纸,暖和又舒适,简直是郊区生活的理想建筑。事实上我一岁以前住的就是这样的房子,当时我家还在埃尔瑟姆,直到家里人口越来越多住不下了,我父母才在1960年以一千九百英镑的高价在伍尔维奇购得一座独立式住宅。房子共五层,有巨大的窗户,宽阔的中央楼梯(楼梯很长,我们八个完全可以把楼梯扶手当成滑梯一路滑到底),十二个房间,一个阳台,三个入口,但它有些破败,不是这里坏了就是那里出了问题。

---

①指楼下有两间房、楼上有两间房的普通房屋。

走廊的墙纸不知何时脱落了，需要粉刷，但是有些地方足有二十多英尺高，根本不可行，费用我们也负担不起。可惜，墙体做旧的时尚几十年后才会流行，我家走廊和楼梯上不抛光的地板，厨房的水泥地面和墙壁——这些现在成了城市聚会场所的设计时髦。这样一想，我父母可是开室内设计先风的人物。

　　厨房在地下，与花园齐平，近旁是废弃的煤窖，用来储存生日果冻和送奶工每天用马车送来的牛奶，后来家里才买得起严格意义上的冰箱。厨房对面的房间被指定为浴室。二十世纪六十年代，父亲买了一个浴缸，当时满心打算安装，但从买来那天起一直到九十年代这栋房子被卖掉，浴缸一直倒扣在浴室的墙上。我们始终闹不明白，为什么他会对使用浴缸如此抗拒，尤其我们家人口如此众多。当时淋浴在国内尚未普及，但我们好几个房间都安了洗手池，我们用它洗澡，其实比泡在漂着自己浮垢的浴缸里更卫生。也太原始了！

　　后来我猜想，父亲只是在坚持他小时候的习惯。二十世纪初，拉各斯的大部分住宅都没有自来水，人们洗漱时需提着水桶到街道尽头的水泵，接满水，然后再回家。我们有两个厕所，一个在室外，不能用，反正我们几个孩子也不用，另一个能用的在室内。排队上厕所对童年时期的我来说是家常便饭，可能这也是我成年后加塞的积习难改的原因之一。今天，人们还会为我小便的速度称奇。进出厕所我一分钟内就能搞定。

　　我父亲不相信搞家庭装修的承包商和建筑工人。他不顾母亲的恳求，任何活都宁愿自己动手。我们家旁边就是一条小巷，临巷这面有一道栅栏以保护隐私。某个星期天的早晨，我父母醒来发现几个男孩正在拆栅栏。他们平静地解释说，他们是在为篝火之夜准备柴火。我父亲抓住他们并报了警，警察让他们的父母当天就重装了栅栏。因为这件事，我父亲决定一劳永逸造一个边界，即一堵墙，尽管他不会砌砖。那道墙砌得太差了，很快就散了架，之后再也没有重新垒过。他还在房子边上建了一个车库，但忘了给它封顶。1975年，他用喷灯烤掉了宏伟华丽、还有拱形窗户的前门上的绿漆，二十年后这栋房子出售时，新漆还没来得及刷。那最初为什么要把原来的漆烤掉呢？一次，父亲从阁楼毫无遮挡的椽子上摔了下来，掉到下一层。父亲身形的压痕现在还在天花板上，成了一个"特色设计"。

父亲的思维方式是刀耕火种式的。我们的房子自带两架古董钢琴，钢琴上面有黄铜烛台架，很是别致。等我们这群孩子厌倦了用一根手指在上面弹奏《雅克兄弟》时，他就把钢琴砍了，拿到花园里烧掉。然后是树。我们的院子俨然一个果园：苹果树、樱桃树、梨树各两棵，还有无花果树和橡树，等我们长大不再在院子里玩耍了，他又把这些树如数砍了，烧掉。每年夏天，我们几个都会被派到长满杂草的花园里去砍半人高的野草。我们的砍伐工具大砍刀，放在今天是非法的。我们讨厌干这个。看到美剧《根》（*Roots*）将美国奴隶制的现状传到千家万户，我们纷纷抱怨我们和种植园奴隶一模一样。

显然，我们的父亲盘算着要在这里做一番事业，虽然我们从不知道那是什么。

对外婆来说，她唯一孩子的婚房让她想起她以为早已抛在身后的东西。但女儿的生活是她自己选择的，外婆不得不吸取沉痛教训：虽然可能从孩子出生那天起你就在试图规划他们成年后的生活，但他们将来会有也应该有自己的人生，你必须放弃对他们的控制。假如孩子成年后你继续插手，你就是在把他们当小孩看，不必要的冲突可能就会发生。

我十几岁的时候，经常去布莱克希思拜访一位青年剧院的朋友。他家很漂亮，有一大片绿草坪，两间（而非一间）五人用的浴室，高档的家具、古玩、锃亮的镶木地板，车道上还停着一辆闪闪发光的旅行轿车。剧院的其他朋友生活方式也大抵如此，他们的父母都是医生和建筑师之类的中产阶级专业人士。天啊，见识了另一半人的生活方式，更衬出我们家有多寒酸。

细想一下，我们家确实有辆车：父亲六十年代买的二手沃克斯豪尔维克托。这辆车没做过年检，父亲也没学过车，更没有驾驶执照，但这些都没能阻止父亲开着它四处兜风，直到它被永久停放在废弃的车库外面，在那里生锈，散架，成为废品。

六十年代的时候，我的父母还接收房客，尽管我印象不深了。有一位房客因为和我父亲打架被赶走了。还有一位为了去伍尔维奇这个军事重镇和驻扎在那儿的士兵喝酒，给她的小宝宝灌威士忌，也被勒令离开。之后跟我们一起住的就是十五口人的一大家子了,他们来自印度果阿,刚到这里不久,急需住宿。一个知道我家招租的人跟他们推荐了这里,他们大半夜就赶来了。当这一长串队伍睡眼惺忪地走进我们家时,母亲简直不敢相信自己的眼睛,爸爸妈妈加上十三个孩子,足足有十五个。一下子住进这么多口人,房屋一定不堪重负。一段时间之后大点的孩子搬走了,剩下的七个孩子留了下来,总共在这里住了两年,我们的十口之家变得更加壮大。

小时候,我没有自己的独立卧室,根据我们知觉、智力所处的不同阶段,包括能否行走、控制大小便,我先是和兄弟姐妹共住一间,后来和一个妹妹同住。十几岁的时候,我实在受够了必须与别人分享领地——除非我可以自己说了算,这是我年龄大应得的。我的卧室,装饰风格就得我做主。对于妹妹的反抗,我一概不予理会。为什么我不能在她深夜想睡觉的时候大声朗读?以后我要当演员,我喜欢听自己拖着长长的调子浮夸地念丁尼生、莎士比亚或迪伦·托马斯的台词,在我的欺负下,妹妹常哭着跑下楼,向母亲抱怨她受到的压迫。她还受压迫?那我受的压迫呢,为什么十八岁之前我必须和别人共用卧室?

然而,我童年的家,特别是父亲为改善它所做的笨拙尝试,很长时间都让我满心自豪。那栋大房子喧嚣热闹,是我们的安全港湾。我很庆幸没有在收容所或者一个社会规范至上的家庭中长大。没错,我的父亲是管教严厉,不懂怎样与孩子相处,但他也有一个叛逆的灵魂,从不在乎旁人的看法,我的母亲也坚持不走寻常路。他们从来没有逼我去从事某个特定的职业，嫁给他们认可的人，或者取悦邻居。他们从不逼我要孩子，也不认为让他们抱上外孙/外孙女是我的职责。当然，即便他们真的逼我，也是白费口舌。

十几岁时我一心想当演员，母亲建议我去学打字，这样就算当不成演员，还能做秘书。可以想见我对此有什么看法。不过母亲也没错，虽然后来的现实与她的初衷不尽相同。打字总能派上用场，尤其在计算机普及之后。可惜，我现在依然不擅长打字。

有的父母望子成龙，企图通过孩子来实现自己的抱负。我打心眼儿庆幸自己没有在这样的家庭中长大，我被鼓励放手去过自己想要的生活。

*

十八岁，我从家里搬了出来，和男朋友一起住进了另一栋维多利亚式房屋。这座房子位于伦敦北部，是所谓"短命"房产。这类房屋归市政委员会所有，通常是待翻新或待拆除，同时因为租金低廉，通常被年轻人一抢而空。房子一共住了五个人，我和男朋友住一间。

现在，我得养活自己了。不过，我从十三岁就开始挣钱了。当时父母没有余裕给我们零花钱，我就送报纸自己挣。每天早上我都得把一大包报纸背在身上。到了星期天，要送的报纸会变得更厚，鼓鼓囊囊的包变得更沉，我就这样负重前行，上坡下坡，攀爬令人眩晕的台阶和政府住宅区的楼梯。想想看，二十世纪七十年代，就业法竟然允许儿童从事可能导致背部损伤的工作，我背部的毛病就是那个时候患上的。我知道这和市郊的人把孩子送下矿井不可同日而语，但还是不该让孩子做这些。

从那时起，我一直工作养活自己。一想到要靠别人养活，或者不得不开口向别人要钱，我就受不了。还在上学的时候，每到星期六我都会去商店和百货公司找兼职，询问主管招不招人。那时候不需要简历，当场就能达成雇用意愿。但是，尽管我把当地的商业街和伦敦西区都跑了个遍，只有餐馆，以及不用我在人前露面的仓库肯接收我。显然，那些才是我这种人的容身之所。那时候，超市、时装店或百货公司的店铺很少雇用黑人和亚洲人。我们的形象不好。人们很容易忘记，我们的社会已经取得了多么巨大的进步。

我还在工厂打过工，具体工作是把流水线上的口红装进口红管。工厂在伦敦郊外的一个工业区里，经常是一辆小巴士把我们一群人从就业中心接上，再把我们卸下去。流水线非常快，需要全神贯注，但工作本身无聊透顶，最后我实在忍受不了，两小时后便放下工具，走出工厂，等傍晚时分的回程巴士了。某些人一辈子都在做的工作我甚至一天都坚持不了，我的生活真的谈不上有多么艰难困苦。

后来我确实找到了更有趣的工作，那就是在伦敦西区的一家剧院做引座员。这份工作很棒，因为每晚都可以看演出。最令人难忘的作品是《与昆汀·克里斯普共度良宵》(*An Evening with Quentin Crisp*)——这位传奇的同性恋风流人物、讲故事高手兼作家的表演诙谐露骨,让人回味无穷。

刚搬到男友那里,我就在斯特兰德大街布什大厦的新闻发行部找到了一份全职工作,那是 BBC 国际频道本部。从出纳那里领到工资时,我兴奋极了,工资袋里鼓鼓囊囊装满了票子和精确到便士的硬币。

这份工作需要十二个小时轮班,上三天,休三天。我的办公室经常烟雾缭绕,负责人是一位职场经验丰富的女性,她们会往咖啡里加伏特加和威士忌。对她们来说,这是一份长期工作——而像我这样的年轻人,则有继续深造的打算。我们一起坐在一张长条桌前,一边聊天、喝酒、读书、看报,一边等待旁边新闻编辑部的打字员冲进来,提交打在长长的、带复写面的碳纸上的新闻稿件。我们把它们放在基士得耶印刷机上印好,然后通过气动输送系统或由我们几个年轻人人肉分发到各楼层与翼楼。我仍然记得我穿着心爱的帆布鞋和工装裤,在这栋宏伟大楼的楼梯飞上飞下时内心的欢欣。生平第一次,我享受着被人们——主要是记者——包围的感觉,他们来自世界各地,各种文化、各种宗教、各种肤色,员工餐厅还低价出售其他地方买不到的世界美食。布什大厦一定是全英国,不,也许是全球除联合国外最具多元文化的工作场所了。

交班时,我们在大楼地下室的员工俱乐部再次集合,假如尚未喝醉,就再喝个酩酊大醉才散场。

※

现在回想起来,十八岁时的我可真是一帆风顺。我想要一个男朋友,然后就有了男朋友;我需要有个家,也搬进了一个家;我需要一份工作,然后就找到了工作。唯一的问题是,我和男友并没到"筑巢"阶段,但他是我搬离老家的最便利途径,所以管他呢。我与他共用一个房间的时间不长,等隔壁空出房间时,我赶紧租了下来。我终于拥有了一间属于自己的房间。我的第一个房间。在此之前,我从未有哪个夜晚是在独属于我自己的房间里度过的。

我仍然记得我从装饰房间中获得的快乐。我让这个空间彰显我的个性,再也不会有人跑下楼告我的状了。我在房间里贴满了装饰艺术风的海报,就是你在伦敦西区的雅典娜海报商店找到的那种,还买了一个萨克斯管自学,但实际上它的装饰性大于功能性,只是为房间增加了不少艺术气息。我还把一堆空的万宝路红烟盒堆放在旧壁炉前,做了一个"装置"。那时候抽烟还被认为是件很酷的事。作为一个掌控自己王国的成年人,我现在彻底有了抽烟的自由,想抽多少就抽多少。

与男友比邻而居的生活持续了一年左右,直到我和他闹翻。因为我发现我喜欢女孩,晚上还带她们来我房间,这让男友非常惊愕。顺便说一句,我并不是什么女同性恋色狼。和热爱自由的年轻人一样，我只是和别人发生关系，不过对方碰巧是个女人罢了。

问题是我还没有正式与男友分手，在他看来，我们可能还在一起。我觉得他不可理喻。毕竟，他是个男人，作为一个对父权制怒不可遏的、新晋的女权主义者，我并不在乎他的感受。于是我在隔壁炫耀我的同性伴侣，却拒绝与他讨论她们。我就是想甩了他。这个可怜的家伙可能被我逼疯了。某天我招待客人时，发现他正从我们房屋中间的门钥匙孔中窥视，我也气疯了。我用胶带封住钥匙孔，他立刻撕掉。另一次我正在跟人亲热，他甚至愤怒地推门而入。那一刻我意识到，是时候搬出去了。

我离开那天，我们恶语相向，极尽尖酸刻薄之能事。他用手掐我的脖子，却发现自己不够冷血到取我性命，于是撵我走，把我从高高的水泥台阶推下，连带着丢到大街上的还有装着我所有家当的塑料袋。

他平时安静，为人温和、克制，这次却对我动了粗，因为我不仅冷落他，还在他隔壁招待情人羞辱他。很长一段时间，我都在为他的所作所为找借口，但家暴绝不应该有任何借口。假如他真的把我杀了，或者打断了我的脊梁，他自然毫无疑问就是在家暴。我不费力地从他身边逃离，意味着此后我也不把这个当回事。然而，他的做法不可原谅，我的也一样。

后来我和他有过几次交集，我们关系还好；1981年是很久以前了。

我已经在街道另一头找到了房子，同属一个短命住房协会。我把整个房间都漆成了鲜红色，包括天花板——因为我可以。这栋房子比上一处住所寒碜多了。有个房客喝醉后经常殴打他女友，女友会躲进我的卧室，我锁上门，等他冷静下来，女友再试探着爬到楼下找他。但愿我试过劝她离开施暴者，但我不记得我有没有那么做。那个年代，人们对男性暴力还是有一定程度的接受和顺从。

如果女性身上发生不幸，人们会希望她们默默忍受。那时这样，现在也如此。离家后我才开始接触到一些女性，她们向我吐露她们童年时遭家人性侵的经历。我做梦也想不到，与你一起生活的亲人竟会有如此行径，他们本应好好保护你。

十七岁时，我认识了一个曾被轮奸的女孩，但她并不这么表述那件事。她告诉我，她被她的男朋友带到乡下，那里还有别的男人，她被胁迫与他们发生了关系。她不确定那件事是否算强奸，某种程度上她觉得自己也有责任。那时，性侵很少被人讨论。媒体报道此类事件时，有时还会反过来指责受害者穿着暴露或醉酒。在这种风气下，女性往往会责怪自己。坦白说，我并不确定这些年状况是否有所改善。

独居年轻女性的人身安全是个问题。当时传言英格兰北部有个约克郡开膛手专挑女性下手。从夜班巴士上下车的时候，漆黑的夜晚独自回家的时候，边扭头查看是否有人尾随边找开门钥匙的时候，男性暴力的威胁就更加显而易见了。我身边就有一个女孩，她某天深夜开门时，一名男子突然从身后追上来，把她推到走廊里强奸了她。这些故事都在提醒我，要格外警觉。

我十二岁开始参加当地青年剧院的活动，自那以后，我一直独自走夜路，但我并不记得自己害怕过。大概那时的我太天真了。我记忆中最糟糕的事是看到马路对面的暴露狂，当时我大约十四岁。我一面觉得那个男的很可笑，一面很高兴自己安全地待在父亲堡垒般的家里。三十年后在塞浦路斯一条美丽僻静的海滨步行道度假漫步的时候，我又有过一次类似的遭遇。我不得不更换路线，回到繁忙的道路，有种自己被耍的感觉。

我个子高，喜欢穿运动鞋，步伐矫健，晚上走在寂寥冷清的街道，看到一个或一群男人从对面走来，或者听到身后有人，我感到心里没底时，总是夸大自己的优势：我会改变我的肢体语言，使自己显得更孔武有力。我甚至会猛转过头，怒容满面。有时我身后的男人会识趣地到马路对面去。又或许他真的怕我。我二十岁出头时，中性打扮对我很有助益。有朋友的父亲曾经说过，如果他在晚上看到我朝他走去，会害怕。这并非恭维，我也没有把它当作一种赞美。事实上，路过商店橱窗看到里面倒映的自己的脸时，有时连我自己都会吓一跳。天啊，我看起来真凶。记得有一次在飞机上我朝婴儿微笑，结果孩子爸爸告诉我，我吓到孩子了。我谢谢他。

独居的那些年里，我总是对楼里或外面街道上的动静保持高度警惕。对女性来说，享有安全独居的自由不应该是问题，但它确实是个问题。事实证明，多年的独居生活对提高我的写作能力非常重要；我可以自由地在白天或晚上的任何时间按照自己的节奏写作。

搬去和丈夫一起住时，我很惊讶，他从没担心过安全问题。他以前经常不锁后门，太令人震惊了，因为伦敦的入室盗窃如此遍布与猖獗。我只好督促他提高安全意识，哪怕为了我。男人和女人明明在同一个地球上生活，体验却有天壤之别。

✻

离开了"掐脖子的家伙"，我感觉我的血红色房间仿佛成了一个避风港。我无须对任何人负责，这种感觉非常享受。我从小住的那栋房子里，楼梯上，随便哪个房间里，周围总有其他人，门砰砰作响，哪里在放音乐，厕所有人霸占。虽然现在这里并不完全是我一个人住，但感觉只有我一个人住在这儿。有生以来我第一次体验到了孤独，当然，我并不是在怀念童年的家。独居适合我。我当然不会怀念我的四个兄弟周六下午坐在客厅，我想看好莱坞老电影而他们想看足球时，他们会采用放屁的战术。客厅变得臭不可闻，你得戴上防毒面具才不会被熏死。最后赢的总是他们。

1979 年，我开始上戏剧学院，但我的老朋友和戏剧学院的新朋友都住得很远。我几乎入不敷出，没有什么钱出游，甚至遍游伦敦的钱都不够。手机、简讯或在社交媒体上分享日常点滴，想都别想；假如想找个人说说话，必须去公共电话亭，电话亭可能还在几条街之外。

全日制学生的身份也使我无法继续在BBC全职，我便周末和节假日在一家美式快餐店打工，以贴补内伦敦教育局（ILEA）发的微薄补助。豆子和蔬菜炖菜，配上奶酪碎，再把大块黑面包浸在里面——作为学生，我对这样的主食再熟悉不过了。炖菜我会一直吃到它们开始在炉子上发馊，冒泡，散发出难闻的气味为止。炖豆子并没有爆炸，我倒是差点胀破肚子。

我自幼酷爱阅读，在这里独居时，我开始写诗。我发现，文字是有力量的，诗歌可以传达出我的感受。再往前推大约五年，我就开始在校刊上发表诗作了，我很自豪地说，其中一首是关于妇女参政权论者的，所以我肯定早年就有了女权主义倾向。只是从那个时候开始，我在读诗中找到了寄托，在写诗中找到了自我表达的出口。我从未给任何人看过这些早期诗歌，因为我不是为别人，而是为自己而写，一想到要与别人分享我的内心思绪，我就害怕。我不是一个轻易袒露自己情感的人，我的诗歌是个人的、私密的。

在近三年的时间里，每学期的工作日我都会乘坐地铁和火车去罗斯·布鲁福德演讲与戏剧学院（现更名为罗斯布鲁弗戏剧与表演学院）上课——学院位于伦敦和肯特郡交界处的锡德卡普，车程两个小时，但我拒绝搬到学院附近，因为我已经下定决心不会再回郊区了，我刚从那里逃出来。然而，搬家一个月后，我觉得搬到新十字与朋友合租也不错，从那里乘火车去学校只需二十分钟。房东是一位老人，住在伦敦郊外，出租的条件是留出一个房间供自己偶尔使用。他常常想回来就回来，从不提前告知。假如他来时我们这些性感诱人的年轻人刚好在衣衫不整地晃荡，那就遭殃了。他开始挑逗我的朋友，但我朋友对他丝毫不感兴趣，气氛一度变得很尴尬。这断不会是一个负责任的房东该有的行为。

我受够了房东令人毛骨悚然的自由来去，干脆搬进伦敦北部的一套短期住房。也是在这个时期，我开始和他们一起运营"黑人妇女剧团"，并担任演员和编剧。在艺术资助者提供的创作津贴下发之前，我靠领取救济金过活，从政府讨要零花钱。那时，你必须每周到失业救济办事处"签到"，证明你有工作的能力，尽管他们介绍的糟糕工作是你最不愿意干的。

虽然收入很不稳定，但我从未想过放弃剧团；这是我热衷的事，必须干好。一想到有可能把自己拴在抵押贷款上背上一屁股债，我就魂飞胆寒，脑海里蹦出自己不得不做一份朝九晚五的工作还贷，干讨厌事情的画面。我以真正戏剧化的方式想象我的情感被乏味日常所麻木，我的想象力被扼杀，我的自由精神被囚禁，我的梦想被搁置，然后我明白了，我宁愿贫穷——无妨，我本来就穷。

所以，我每年都会搬家，成为名副其实的"搬家达人"，要么主动，要么迫不得已。如果有段时间不经常搬家，我甚至会不安。我喜欢不断换房子的新奇感。大概只有像我朋友那样一毕业就继承了诺丁山的一套漂亮公寓，我才会想安顿下来。而且，那样的话我可能也成不了作家，或者成不了这样的作家，或者很可能没有了动力，也不会高产。我从来没有在一个经济上有保障或情感上得到满足的地方写作过，也没有在一个固定的住所写作过。频繁搬家意味着，你必须思维敏捷，迅速适应新环境。像我这样经常搬家，迫使自己靠小聪明过日子，这可能对我的创造力来说不是坏事。

在伊斯灵顿，我还住过随时都会拆迁的贫民窟旧房——有公寓也有单间。剧团租的货车好几次都被我用作搬家，尽管我几乎没有什么家具。我会在周五搬进条件极差的临时新住处，周一就把它粉刷完。一个蒲团既当沙发又当床。箱子用来装衣服。木板和砖块垒成书架。墙上挂几张海报，一张从二手商店买来的旧搁板桌就变成了我的书桌，既可折叠，又方便移动。剩余的家当为数不多，无非是衣服、书、被褥、锅碗瓢盆之类，我为自己能把它们塞进几个黑色垃圾袋而骄傲。

不幸的是，其他住户是我无法选择的。他们都是陌生人，男性为主，有些咄咄逼人，令人不安，讨厌极了。

有段时间我不得不和一个男的合租一处房屋，晚上那人放吵闹的音乐，而且拒绝调低音量。地板和我的胸腔都嘎嘎作响，我失眠时就会盘算怎么才能把他送上断头台。他本来住楼下的两间，但不知怎么搞的，他还设法弄到了我楼上的阁楼。那时的人真有能耐。有时他会在所有房间同时高声播放音乐。他一定很想把我撵走，这样他就可以独占最上面两层，把那里完全当成自己的私人领地。我搬走那天，叫上朋友在房间的每面墙上都用黑马克笔大肆涂鸦了一番，算是给他的临别礼物。

在另一个住处，我住二楼，楼下的中年男子有一个习惯，每次醉酒都在我们共用的楼梯口咆哮。有时，他还会爬到我那层，重敲玻璃，扬言要把它砸碎。白天清醒的时候，他看上去孤苦伶仃的，但一到了晚上，他就变成了一个噩梦。我害怕经过前门时，撞见他正发飙，然而蜷缩在公寓里，我又害怕他来砸玻璃。朋友们不愿意来我这里，因为怕进出的时候撞见那人正醉醺醺地在楼道里晃悠。

后来我搬进楼梯最上方的阁楼，以为这下终于安全了，直到某天我抬头透过开着的窗户望向伦敦变幻莫测的天空时，一个十几岁的小子突然出现在窗台上。他先是被我吓了一跳，然后愤怒地回过头来瞪我，好像我才是闯入者。我推测他就住隔壁，这番像猫一样灵巧爬过屋顶到我公寓，八成是要入室行窃。

*

三十多岁的时候，戏剧于我已经成为过去时，为了专心写作，我找了几份要求不高的兼职。兼职通常每周只干两天，我的首要任务是留出时间来创作。这个时期我正痴迷于写我的《劳拉》(*Lara*)，很难把自己从书中拽出来。我为一个女性摄影师节工作，我对这个活动一无所知，为了能在面试中好好表现事先还做了功课。我显然一窍不通，但团队里的人都很包容。虽然打字很糟糕，我还在一家小型管理咨询公司做过行政，也在一家剧团帮过忙。

其实那些能让我继续写作的工作再适合不过了。办公室只剩我一个、本应履行行政职责的时候，我在创作《劳拉》。那时候的电脑没有那么复杂，我很快就学会了如何在老板进门时将写稿页面切换到工作页面。因为我没完成要求的任务指标，他大为光火，第二天我穿短裙去上班，他的怒气就消散了。那不是一条迷你裙，但裙长在膝盖以上两英寸，暴露得很巧妙。当老板走进我办公室，打算训斥我没有尽职尽责时，只需看一眼我的双腿就会败下阵来，怒气也烟消云散。

我们女人对男人的目光往往被什么吸引心知肚明，不过他们没有意识到我们已经注意到了这一点。作为一名优秀尽责的女权主义者，我有责任利用他对女性身体的父权迷恋来揭穿他，从而给予纠偏，对吗？

1996年我搬到了诺丁山，以为自己大功告成了。这个地方我十几岁的时候就很喜欢，经常朝拜一样去波托贝洛路[①]买香、蒲苇和拼接工装裤，当时这儿还是波西米亚风格，破败不堪。当然了，我只是个房客，我住的这栋公寓正式租给了一个移居国外的女人。六年后，田园诗般的平静生活被打破，因为那个女人的儿子回到了英国，他从小在这里长大，决定以后还住这里。女人

[①] 波托贝洛路有伦敦乃至英国最有名的露天市场之一诺丁山市集。这里不仅有黑胶唱片等陈年旧货，还有农产品、手工艺品等售卖。

告诉他，房子已经转租给我，不能再住，但他和他愚蠢的父亲却不这么认为。他们晚上来骚扰我，敲我的窗户，大喊着让我搬走。他才不在乎是我的房租在养活他国外的弟弟妹妹和母亲呢，他母亲恳求他停止骚扰我，他也无动于衷。

一天我回到家发现，门锁坏了，他正从后窗往外逃。我报了警，又叫了几个胆大的女性朋友来陪我。想逼我离开，没门。我没有搬走，他消停了下来，但好景不长。他的第二次闯入更是胆大包天。他趁我外出参加为期两周的作家旅行活动时，把家具搬进客厅住了下来，我所有的东西都被塞进了后面的两个房间。然后他本人却不见了。在找到新的住处之前，我只好叫朋友过来陪我。此人冷酷又固执，我们根本不是他的对手。他赢了。我已经四十二岁了；他是个才十九岁的废物。我不是一个好基督徒，之后相当长的一段时间里，我都祈祷他早下地狱。

回想起来，反倒是我和女精神施虐狂一起生活的那些年，没受过男人骚扰，尽管到头来她比所有男人都更讨厌。（少安毋躁，我会找机会讲讲她的故事）。

我的最后一份办公室工作，是 1995 年与露丝·博斯维克（Ruth Borthwick）共同创办了伦敦的作家培育机构"传播文字"（Spread the Word）。但在办公室干了四年设计和文学项目管理后，我陷入了两难：是继续兼职干行政养活自己，做一个半吊子作家，还是要势不可当地成为一名全职作家。是时候离开了，我下定了决心。在没有存款，也没有经济保障的情况下，我提前六个月递交了辞呈。这么做风险很大，但我知道我必须这么做。我觉得自己很勇敢，但很快我的胸口开始刺痛，因为担心自己患了心脏病而一直不敢去看医生。我还没做好确诊的准备。

"大胆跳，天使就会出现。"这句谚语给了我信心，确实如此——我拿到了出版合同，还从企鹅公司收到了第一笔预付版税。"心脏病"也离奇地消失了，再也没有犯过。当时我四十多岁，有了一份名头很响的所谓 portfolio career——无非是形容一个人有了多项收入来源。有时我还有津贴和奖金。虽然自知自由生活的漂泊不定，但即使在资金紧张的时候，也从不后悔放弃了唯一稳定的收入来源。我已经习惯了年初对未来一年的生计一筹莫展，只能暗自祈祷一切都会好起来。在我获得伦敦布鲁内尔大学的教职之前，我就是这样生活的。不管怎么样，总能找到工作，让我养活自己。

※

我仍然怀念住在诺丁山的日子，那里到处都是很棒的酒吧和餐馆，离海德公园也不远，步行即达。朋友们喜欢来我这里；我从来没有这么受欢迎过。我把这里当作我的精神故乡，因为我就是这么自命不凡。我很幸运，能在伦敦市中心附近住这么多年。今天的创作者，如果不是稿费丰厚，就只能搬到市郊，或者干脆离开伦敦。我挣得不多，但总能找到廉价的商业地产替代品，如短命房（short-life housing）、住房协会房（housing associations）

和分租房（sub-lets）。即使我被迫进入商业租赁市场，也能勉强负担得起，尽管租金可能会吃掉我收入的百分之七十五。比这更糟糕的是，商业出租房的标准装潢是白玉兰色墙壁和米色地毯，这与我的品味截然相反。此外作为一个卑微的租户，你不可以在墙上钉钉子，所以很难用任何艺术品来装饰居所、彰显自己的个性，尽管我们这里谈论的不是达米恩·赫斯特、翠西·艾敏和克里斯·奥菲利[1]，你现在应该也猜出来了。这样的房子我住过不止一栋，它无时无刻不在提醒你：你可以住在这儿，但这儿绝不是你的家。

我也很怀念九十年代住过的布里克斯顿，怀念那里的疯狂和无法无天。那儿以犯罪率高而臭名昭著，但我觉得很安全，因为在我看来，各个帮派都把精力放在了对付彼此身上。至于伊斯灵顿，我八十年代曾在那里住过几处，旧城区改造后路两边多了咖啡馆和精品小店，之前很是破旧。在基尔伯恩，我住过三处，这座城市没有经历过同样彻底的旧城改造，与我七十年代第一次住时相比，主街变化不大。

*

我是一名作家，伦敦一直是我创作的缪斯之一，我与它的羁绊很深，这种羁绊是我在伦敦许多个区的辗转中形成的。我的成

---

[1] 赫斯特、艾敏和奥菲利是三位英国著名艺术家。其中赫斯特以他的"鲨鱼"等现代艺术品而知名；艾敏是坏女孩典型，其作品争议不断，尤其以她的床单作品而闻名；奥菲利则以独特的尼日利亚风格作品和用大象粪便作画著称。

年时光几乎都在乘坐各种交通工具（包括步行）于伦敦穿梭中度过。粗略看一下我的书就会发现，伦敦在我笔下以多种方式存在：当代的、历史的、被虚构成另一个时空的。我在伦敦的各个地区都生活过，与它的联结一直是我灵感的来源。虽然我的写作范围已经远远超出了这座城市，但每次写到生活在这里的人物时，我的思绪就会回到我曾经居住过的所有地方以及我熟知的所有地区，它们是我笔下人物的家，是他们的起点。

果不其然，漂泊不定的生活开始变得单调无趣。我厌倦了这种无常的生活，也厌倦了会忽然收到一封信、一封电子邮件或接到一通电话，通知我从房子里搬走。我没有被抵押贷款束缚，却受制于房东。我没有被一份朝九晚五的工作束缚，却是个自由自在的穷人，过着丰富多彩的创造性生活。

到三十五岁左右，我开始渴望有一方属于自己的小天地。我买来时尚生活类杂志，对自己没有的东西垂涎三尺。我梦想的不是伦敦最不受欢迎地区的实用公寓，也不是郊区的小房子，虽然我哪个也负担不起；我渴望的是宽敞的开放式谷仓改建房，纽约双倍高围墙的仓库公寓以及热带地区的海滨大别墅。

到了四十出头，在同龄人聚会上，我注意到我常常是唯一一个没有房子的。尽管我是他们中间唯一有作品出版的作家，却没能完成他们已经完成的人生大事：拥有稳定的伴侣、孩子、像样的薪水、房子、养老金——每人的优先顺序各有不同。这些大多不是我的志趣所在，但周围的人生活舒适、未来无忧，很难不去跟他们比较，更别提执拗地摒弃了传统的是我自己，我无权抱怨。对我而言，选择了创作，就注定选择了颠沛流离，当然，对许多人来说情况并非如此。如今，人到中年，我变得想有个长期伴侣，房子、养老金、抵押贷款似乎也诱人起来。

甚至有段时间我渴望生孩子，虽然那时我即将耗尽的卵子正在勉力跳着最后的生育之舞。露天节日上，看到可爱的孩子们顶着乱蓬蓬的头发，穿着时髦别致的衣服跑来跑去时，我会产生想要孩子的冲动。我想知道自己是不是错过了什么，但我并不是真想生养孩子，而只是渴望调剂一下现有的生活。

在那之前，我完全相反。十几岁时，一想到生孩子这种生理行为，我就会恐惧。我害怕自己的骨盆太窄，婴儿强行出来时会把它弄坏。还有，那种让女人高声尖叫的、就像她们正被无数把刀子刺一样的疼痛，又是怎么回事？

我还见过我母亲在我们进入青春期时的不安。我清楚记得，晚上她从前厅的窗户向外张望，等待迟迟不回家的孩子从马路拐弯处现身：路灯下一个孤独的身影朝家走来——对她来说，平安归来就好。

成长于这样一个大家庭，我目睹了为人父母的责任和变化莫测，根本无法想象可以为了养育孩子而牺牲掉个人自由；我必须改变凡事以自己优先的习惯，将创作降至第二位，因为孩子肯定会是重中之重。

我认识的一些女性，她们为了抚养孩子换了工作，为了更稳定的收入和还贷放弃了创造性的生活。丈夫外出工作，她们就留在家里；如果夫妻双方都外出工作，女性除了工作，还要独自承担所有无偿的家务和抚养孩子的责任。是的，这样的故事我们再熟悉不过。

我没有成为一位母亲，而成了姑姑、姨妈和教母，这些角色我都很喜欢。我喜欢用"不要孩子"（child-free）而不是"没有孩子"（childless）来描述自己，后者意味着我未能履行作为女人的职责，但不生孩子是我的主动选择。

我四十多岁时搬了五次家，五十多岁时搬了两次，最终在五十五岁开心地把自己和抵押贷款拴在一起，此时距我从家搬离过去了将近四十年。

与此同时，在所有搬家的过程中，我的创造力源源不断，我写了又写。我已经变得势不可当。我的生活环境、生活条件以及我在赚钱方面的决定，是我创造力的至高无上的保证——它奏效了。

写作成了属于我自己的一个房间；写作成了我永久的家。

Þrēo（古英语）

mẹta（约鲁巴语）

a trí（爱尔兰语）

drei（德语）

três（葡萄牙语）

※　　　　　　　　　　　　三

来来往往的男人和女人

我的创作与我和他人的情感纠葛密不可分，我为他们倾注了不知多少情感，流了不知多少泪水。多年以前，对心仪之人的欲望会吞噬我全部身心，他人的诱惑力会激起我更深的激情。在那之前，我想我是在情感上冲浪，并不知道或至少意识不到我的感受能有多深刻，直到我坠入爱河。假如这段感情是异地恋或者单相思，那么我会跌入热望的深渊。这种激情，这种高度敏感的无力状态，成为我写作的动力，因为我从来不想成为那种智性的作家，他们的作品在智力上很丰富，在情感上却很贫瘠。我想成为那种能在更深处打动人的写作者——有触动、感动他人的力量——而我在陷入一段感情或渴望陷入一段感情时情感最为丰沛。

　　浪漫的爱情。随意的性。无望的迷恋。昙花一现的艳遇。正当的亲密关系。所有这些经历都造就了我，让我成为这样一个作家，一个自由至上的人：自由搬家，自由摆脱传统工作，自由追随性取向，自由从一段感情跳到另一段，自由创作实验性小说。甚至在我的自由受到严重限制时，比如我二十多岁的一段关系中那样，我最终也挣脱了束缚，重新开创自己想要的生活。

十几岁的时候，我喜欢男生，尽管男生并不怎么喜欢我。对于一个在七十年代白人环境中长大的黑人/混血女孩，尤其是一个不漂亮的女孩来说，这并不足为奇。那时候感觉自己好像经历了漫长的等待，绝望地梦想着自己能有一个男朋友，现在回想起来，也不过几年而已，尽管对一个孩子来说，感觉就像几个世纪。我认识的每个女孩都受制于传统文化的规训，想有个男朋友，以为这是成熟、地位和吸引力的标志。没有男朋友的青春期被认为是不完整的。那些不认同这个目标的人，那些可能对此不感兴趣或者有不同性取向的人，都不表现出自己的真实想法。

我记得十三岁那年在同学的生日聚会上，我在沙发上亲了一个男生，我们之前并不认识，还好，只是让我短时间内落得一个"水性杨花"的名声，倒没有升级到"荡妇"——这个称号是专门留给与我同岁的一个同学的，她把初夜给了一个二十六岁的男人，尽管她也因为这一成就博得众人钦佩。放眼人生，我们不知道自己当时多么年轻，我们是多么容易被人利用。在我所在的当地青年剧院，我对其中一位表演教员产生了好感。记得在一次演出结束后的迪斯科舞会上，我走到那人面前，用法语问他："今晚您愿意和我一起睡吗？"那年我十四岁。万幸的是，他不是恋童癖，不然我铁定无法应付。时至今日，回想起这段往事，我仍然尴尬无比。几年前我偶然碰到他，当时满脑子只有一件事，不知他是否还记得我1974年的那个提议。

十六岁那年，我在一次聚会上结识了一个男的，我们亲热的时候，他问我能否更进一步，我回绝了。这时我还是一个相对本分的天主教女孩。后来一个二十五六岁的英俊演员带我去约会，真是意外之喜。我在查令十字街一家酒吧里抿着香蒂酒，像杂志上教的那样假装醉得神魂颠倒时，他礼貌地问我愿不愿意和他上床。我拒绝了；之后那人再也没有联系过我。

但总归，在十六岁这年，我还是实现了愿望——我有了一个比我大一岁的男朋友，我最初爱上他主要是因为他"色迷迷的眼神"很是诱人。我们交往了一年左右，是他提出的分手，因为我一再拒绝与他发生关系。显然，我这是要当修女的节奏。谢天谢地，要求我交出童贞的都是礼貌的询问而非野蛮粗暴的要求，对方尊重我的决定。不敢想象只能靠网络色情文化获取性知识的今天，年轻女孩承受的压力有多大。

今天的女孩被期待除掉刚长出来的阴毛，这样一来，那里就会令人不安地再次回到发育前的状态。这不是我理解的性解放。从茂密丛林到光秃秃只花了一代人时间，还要为不停地脱毛而烦恼，那可是身体最敏感的部位。我为今天认为自己必须遵守这种新的不合理审美标准的年轻女性而难过。谢天谢地，我那代人甚至不鼓励女性脱毛，自然状态完全没有问题。

在个人卫生习惯上，我那时认识的十几岁男孩与今天喷着香水、做着发型、涂着保湿霜和修眉文眉的男生截然相反。有几个男朋友拒绝在早上刷牙，我只能把这归咎于幼稚的青春期叛逆。

我们下午或晚上见面时，他的口气很是难闻，我们接吻时，他的牙齿上像是覆盖了一层霉菌。他不是唯一一个不刷牙的。我对接过吻的男孩有着很不愉快的记忆，他们就像原始野兽，浑身散发着前一天啤酒的恶臭，他们的舌头不是有厚厚的舌苔，就是黏糊糊的，恶心死了。

*

二十多岁时，我大部分时间都在和同性谈恋爱，直到我三十多岁时又变回异性恋。第一次开始怀疑自己的性取向，是我在BBC新闻发行部工作时。那里的年长女记者对我眉来眼去，意识到这不仅仅是简单的示好之后，我觉得很是刺激。我想知道自己是不是双性恋，以前我从未想过这个问题。我本可以就此打住，但我的胃口被吊了起来，于是放任下去，并不担心会遭到社会指责。十九岁，我已经决定过另类的生活。在一个非保守的家庭中长大，我学会了以自己的局外人身份为荣。在自己的国家被主流白人文化边缘化的经历，反过来促使我对主流文化嗤之以鼻。你不想跟我玩，我也不想跟你玩。

一对中年女同性伴侣成了我的朋友，当时我还是一个不确定自己性取向的十九岁女孩，心中稍有疑惑：我肯定不是直女，但我是同性恋还是双性恋？在当时的蒙昧年代，情况往往是非此即彼。在一个异性恋社会中，所有年轻的女同性恋者在面对自己的性取向时，都应该得到一对更年长的女同性恋的关照，然而，在这样的环境中，却鲜有为众人所知的女同榜样。我在她们舒适的家里度过了许多个周末，在那里我感到被珍视，被款待，同时听她们讲述联盟作战的丰功伟绩，而那时我几乎没有钱解决温饱。

二十世纪八十年代，女同性恋者和女权主义者遭到右翼媒体的公开嘲笑和愤怒指责。在这样的大气候下，有色人种女性和有色人种女同性恋被认为是地球上最不值得尊重的群体，全社会对各种背景和出身的同性恋者都不友好。在立法上，随着撒切尔夫人禁止地方政府"有意宣传"同性恋的"第 28 条法款"的引入，同性恋受阻，同性恋者支持网络也遭毁灭。与此同时，从随意的微歧视[①]到全面的身体暴力和谋杀，同性恋者受到的迫害各式各样。

好吧，没有什么比被驱逐更能激发一个女人内在的战斗精神了。我认识的一些年轻女孩出于我们能想到的所有原因选择不出柜，她们只是晚上偷偷溜出来，到灯光昏暗的夜店和其他女人跳舞。但我不是这样的人。我是终极拉拉。我佩戴同性恋标志的徽章。我身着算是同性恋者统一着装的雌雄难辨的衣服。我参加示威。我彻底亮出女同身份，并相信我的性取向一成不变。当时内心有一个声音告诉我，我到死都会是女同。要是有人胆敢对我说这只是我经历的一个阶段，我会非常愤怒。他们哪儿来的胆子？

[①] 微歧视（microaggression），20 世纪 70 年代由查斯特·皮尔斯（Chester Pierce）首次提出，指在有意无意的偏见或刻板印象下发生的语言、肢体或环境上的轻度冒犯行为，主要针对少数族群，这种歧视往往隐蔽而细微，看上去并不露骨，但对于边缘化与受压迫群体来说，充满了轻视、怠慢、诋毁或侮辱。

他们懂什么?

选择出柜并不容易,但这是我能做出的唯一诚实的选择。在许多人的认知里,同性恋是一种病,一种原罪,一种个人功能障碍,是有违自然规律和道德常理、令人厌恶的罪行。事实上,在1967年之前,法律一直将男同性恋界定为犯罪。每当有人问我,现在世界是否变好了时,我的回答总是:当然了。

作为一名找乐子的年轻女性,我知道女同不会怀孕,也不太可能感染任何性病或死于艾滋病,当时抗击这个致命病毒的运动正处于早期阶段。我无法想象现在的一夜情:为了追求稍纵即逝的快乐而向一个完全陌生的人裸露身体?对那时的我来说,暗恋是家常便饭,有时我还会倾慕一些对我不感兴趣的比我年长的女人,所以虽然我伤了一些人的心,但我自己也不是毫发无损。现在回想起来,我暗恋的几个人吊我的胃口,是我罪有应得,算是我对一些和我上床的女人漫不经心的有效平衡,在后者的关系中她们往往比我更投入。一天晚上,在夜店玩完后我带一个女人回到住处,但我醉得厉害,我们亲热时,我真就吐了她一身。这件事我终生难忘,我相信她也记得。她当时只有十八岁,而我是她的第一个,也许是最后一个女友。容我自我辩解一下,我当时不过才二十岁。

*

我在女同性恋时代的重大恋情也是我的第一段重要恋爱。eX

来自丹麦，比我大九岁。在那之前，我们各自在伦敦和阿姆斯特丹成立了自己的女性剧团。我俩是在阿姆斯特丹一个女性戏剧节的闭幕式上认识的。当时我刚从戏剧学院毕业没几个月，到那里演出。前一天我去那儿的二手服装市场，买了一件黑色服务生夹克，一条黑马裤，一双黑靴子，一副圆形无镜片眼镜框，还有一个仿古银烟嘴。我又高又瘦，一头短发染成了蓝粉相间，还涂了口红，我平时从来不涂的。"性感夏令营拉拉"或"犯傻花哨着装"范儿，显然当时的我是前者，因为eX走到我身边，低声对我说我真美，然后我就沦陷了。

  从那以后，我们开始了异地恋。我们到对方的城市旅行，不见面时写最浪漫的信给对方。我们保留的信件就是我们炽热感情的见证。虽然记忆靠不住，但我和eX的书信往来道明了我们爱情的真相。时隔这么久再读这些信，我才意识到这段关系对我有多重要。口头表达你对某人的爱是一回事，写下成千上万的文字表达你们对彼此多么重要又是另一回事。信件为这段关系留下了书面记录。

  不管是写信还是面对面，eX都毫无保留，她的坦诚让我想卸下自己的防备，但我没能完全做到这一点。我是一个强悍的伦敦黑人，在一个处处把我当成局外人的社会中长大，而她是一个荷兰白人，在外形上与她白人占多数的环境融为一体。在一封信中，她写道："伯尼，脆弱是好事；不要害怕自己的感受，要为自己骄傲，因为你绝对值得！"

对于我黑人女性的经历与黑人女性的视角,她总是乐于倾听,同时也经常和我讨论种族主义的话题。讨论往往坦诚、平等而严肃,尽管她对其他黑人或黑人文化都知之甚少。当然,这些对话并没有占据我们相处时的主要部分。我与我的白人伴侣从未有过种族问题,不像有些朋友,他们的跨种族恋情充斥了分歧与文化冲突。我也不觉得荷兰让人有压迫感。我记得只发生过一次种族歧视事件,当时我们在荷兰的泰瑟尔岛度假,我和eX从一家咖啡馆出来,一位男士帮她开了门,然后不等我走出来就故意关上了。这件事我铭记终生,但和其他种族歧视相比,这只是小事一桩。

eX比我更成熟,我喜欢她这一点。感觉从她身上我可以学到很多。她温柔,心思细腻,思想深刻,富有同情心。我们都热爱戏剧和文学,我们会懒洋洋地坐在她那时尚的、白墙白地板的开放式公寓里看书,一待就是几个小时。而且,她的公寓居然还是一处合法房产,骑车即可到达首都中心。

阿姆斯特丹是一座浪漫的城市,思想自由,对同性恋者友好。我喜欢在颇有情调的欧式咖啡馆里流连,那里有木板墙和彩色玻璃窗,你可以买一杯现磨咖啡,坐在外面的人行道上,甚至运河边欣赏风景。这与当时的伦敦很是不同,伦敦流行的是速溶咖啡,逼仄的小咖啡馆,里面是油乎乎的墙壁、富美家桌子和破旧的网状窗帘。

这座城市的女同性恋者也给我留下了深刻印象。在我眼里,她们和 eX 一样，就是美丽的女神，她们身材高挑，典型的北欧维京人骨架，一身机车皮夹克和皮裤，或者打扮成夸张的坎普着装风格——比如拉德克利夫·霍尔[①]笔下人物的发型和男用晚间便服。她们有很酷的女同性恋场所可以去，但里面全是白人，有时候我会因为自己是那里唯一的有色人种而不自在。相比之下，伦敦的场所在种族方面更加多元。

在我们恋爱早期，搬到阿姆斯特丹的想法一直在我脑海中萦绕，但那意味着要放弃我的戏剧公司，她搬来伦敦也是如此。除非我们放弃各自正在打拼的事业，否则根本不现实。我们都没有放弃事业的打算。

作为一名尚在探索自我的年轻女性，我在我们的关系中有喘息的空间，我珍惜我的生活体系，珍惜我的创造力、性、爱和自由的生活方式——它们因为相互滋养而生机勃勃。eX 让我知道，我可以爱一个人，同样也可以得到对方爱的回报。我们的关系使我更深刻地认识到，自己作为一位伴侣和一个新手作家在这个世界上的可能性——写信成了我们分开时的救生索。那时的国际长途电话贵得吓人。

与 eX 分开期间，我无时无刻不在想念她，同时我继续运营剧团，继续我的伦敦生活。在工作和玩耍的较量中，工作始终处于优先位置，这种模式一直持续到今天。

[①]拉德克利夫·霍尔（Radclyffe Hall），英国女作家，代表作《寂寞之井》，是一部著名的女同性恋小说。

很可能我把这段感情当作理所当然,因为那时的我还太年轻,对我来说它来得太容易了,也无须经受我们在同一个城市生活或同居的考验。它只是某段时间某个独特空间里的存在。通常异地恋必须进入下一个阶段才能持久,其中一方必须跨越地理上的鸿沟,否则它就可能会失去活力。两年半后,我们的关系出现了裂痕,分道扬镳的时刻到了。

※

这段恋情结束后,我去寻求更多的情感历险。天哪,真让我给找到了——与"女精神施虐狂"(下文简称 TMD)在一起,与其说是一段恋情,不如说是一段酷刑。我从一段充满爱的关系进入一段充满控制的关系。

在把你拽到那段充满戏剧性的关系之前我要说,在与 eX 分手后、遇见 TMD 前的那段时间里,我还有过几段毫无进展的暧昧关系。很惭愧,我现在甚至记不起某个跟我约会过的女人的名字了。假如是一夜情还可以理解,但如果是"约会"的话,这样就不对了。我经常会跟一个人交往,事后质问自己为什么这样做,因为我们是如此不合适。

※

然后,年龄大我一倍的女精神施虐狂出现了。那是 1985 年,我二十五岁。我们结识于黑人妇女剧团到伦敦郊外巡回演出时,当时我和剧团成员一起去一家同性恋酒吧放松，TMD 加入了我们这一桌。很快，她那粗俗的幽默就把我们逗得前仰后合。我以前从未见过她这样的人，太让人印象深刻了。酒吧要打烊的时候，她邀请我到她那里玩，我受宠若惊，欣然应允，最后在她那里过了两天。后来她告诉我，其实她最先看上的是舞台监督——她比我更漂亮，胸更大——但人家对她不感兴趣。被告知自己是退而求其次的选择，很伤自尊。然而，周末结束时，我还是鬼使神差地相信自己爱上了她。

她的房子潮乎乎的，了无生气，空气和发了霉一样，这本该是一个警示信号。很久以后我才发现，她当时因无力偿还抵押贷款，房子将被银行收回。之后不到一周，她就搬进了我伦敦的寓所。我还以为这是因为她爱上了我，而不是她迫切需要免费住处。我们认识后不久，她把一辆车从几百英里远的地方拖回伦敦，作为给我的惊喜礼物。那辆车完全报废了，很可能是从二手车行买的，我竟还觉得这个举动很浪漫。我知道，这很令人费解，我甚至不会开车，可是管它呢。

当时，她的演艺事业已经走到了尽头。她曾经是一名喜剧演员，偶尔到英国陆军基地巡演，我也跟着去过。十六岁的士兵们围着她，在他们眼里，她就像母亲。她的顺口溜里夹杂着脏话，这让他们更崇拜她了。一个令人情不自禁想搂抱又满嘴脏话的"妈妈"，一个真正的赢家。

她鼓吹一种反成功的观念，用她的话说，"成功是病"，说这句话的时候，她像哑剧中的毒蛇一样嘶嘶作响；成功人士在道德上应该受到谴责和蔑视，因为他们把灵魂出卖给了魔鬼。这是我忽视的又一个信号：远离轻蔑雄心抱负的人，才是明智之举。作为一个女权主义者，我应该为女性，尤其是黑人妇女争取成功的权利，争取被倾听的权利。我应该渴求更多的成功，而不是不屑地将成功踩在脚下。那时我没能理解，她这是对自己的郁郁不得志失望。她恨那些成功者，因为他们实现了她最渴望得到的东西：金钱，名声，地位。而她开的是廉价汽车，住的是社会福利房——房子还是我的。那是由住房协会提供的一间舒适的阁楼公寓，位于伊斯灵顿广场，那里以爱德华时代的联排别墅居多。才不是芝加哥南区或洛杉矶中南部住宅项目那样的住房。①

我们分手几年后，她租了一辆劳斯莱斯，开着它在伦敦乱转，顺道看望了我父亲，父亲如实把这件事告诉了我，看来炫耀才是她的真实目的。

✲

我们认识时，我已经不再进行戏剧创作，而是一边经营剧团，一边继续写诗。我唯一可以写作的时间是深夜等 TMD 睡着后，因为她醒着时总是不停地说话。我根本无法思考，更不用说写作了。要是我在她醒着时试图写诗，她就抱怨说我冷落了她，即使我们一直黏在一起。

---

① 两地都以贫穷、治安混乱、黑人占比高、犯罪率高闻名。

我忽视了我们不合适的若干早期警示信号，以为与一个迅速宣称比我厉害、独自把持话语权的人谈恋爱没有关系；她是这段关系的主导者，以为告诉我我的生活、我的思想、我的朋友、我的同事、我的一切，哪里出了问题是她的责任。我就是个一无所知的懵懂孩子，需要她的指导，就像人们听了一万遍的那句，这都是为了我好。我这么做的回报便是她对我一心一意，把全部注意力都放在我身上，赶跑了我所有的朋友，而且不准我独自去见我的家人。甚至我和别人说话都需要得到她批准，她给我使"眼色"让我闭嘴，我真就会默不作声，直到我不再需要这样的眼色，因为后来我学聪明了，知道自己根本不该开口。

TMD 一直对我说，我们要并肩对抗这个充满敌意的世界，世道险恶，她要把我从中拯救出来，所以每当我们计划去旅行，或者在旅行途中时（我们经常旅行），我都不能告诉别人我们去过哪里，我们要去哪里，以免他们阻止我们。"隔墙有耳。"她说。她真的这么想。不，我是说她真的是这个意思；我们出门在外说话时必须压低嗓音，因为隔墙有耳。即便这些听上去很是离谱，但当时就是如此。

※

于是就这样，深夜，我坐在客厅的沙发上，蜷缩在茶几旁，任思绪流淌。我一边写诗，一边听着老式唱片机，唱机播放着老式的 45 转和 78 转的唱片（尽管它们当时并不老派）。五十年代，凯瑟琳·费丽尔以令人难忘的、深情的女低音，拨动着我的心弦。六十年代开始，伊迪丝·琵雅芙那夸张的抒情颤音令我内心激荡不已，她用法语唱着无怨无悔——这个概念太让我着迷了，因为当时的我对令人失望的童年耿耿于怀。七十年代开始，妮娜·西蒙悲痛地唱着父亲口中会让她去法国生活的许诺，这也让我泪流满面，因为我父亲从没有这么对我说过。

写作的时候，我会抽红万宝路，一根接一根，既然要打算用尼古丁慢性自杀了，不如选择最T和最牛仔的品牌。有那么两三年，我最喜欢喝威士忌，经常与糖浆状的杜林标混合，因为只有威士忌显然劲儿不够。

下笔从来不会一开始就如行云流水，为了不让自己卡壳，我开始喝酒——因为，酒是情感的泻药。要喝足够多的酒，可以下笔成文，但又不至于难以握笔，这个度并不好把握。是乱七八糟胡写一通，字醉醺醺歪七扭八地躺在笔记本上、桌子上，还是创作出了大有可为的内容——比如可以打磨成诗歌的原材料，第二天早上自有分晓。我希望我的诗歌是动人的，最好是悲剧性的。我希望我的诗能激发我的情感，滋养我的灵魂。虽然略有自我蚕食的意味。

写诗是我与自己内心最深处的情感相连接的方式，我很快从写自己发展到写我的家族乃至非洲历史，后者是我发现非洲历史确实存在后开始的。关于非洲，帝国的官方说法是，在欧洲人发现非洲之前，那里的历史不值一提。我清醒地认识到，我对非洲的印象全部基于欧洲人的想象。我遍览了有关非洲古代文明的书籍，希望恶补文化基础，纠正此前的错误观念。

诗歌是我整合新知识和新见解的方式。把我的文化觉醒吸收到血液中，用诗歌使之蜕变，再创造些新的东西，从而化为己用，这对我很重要。

我早期诗作的一部分被编入了诗歌选集，但我从未想过有一天我会写书。出版并不是我的写作动机。诗歌是我的业余爱好，但它和氧气一样重要，没有它，我活不下去。

一开始，TMD是最支持我写作的人，对我大加赞美。毫无悬念，我当然对这些赞美照单全收，我当时觉得她的评判力无与伦比，尽管她上一次读诗可能还是上学的时候。渐渐地，没有她的认可我已经无法自己评价诗歌了。我不假思索地接受了她的认可，并没有意识到自己正陷入对她的过度依赖。

有一次，一场图书发布会要进行诗歌选集朗诵，里面选了我的几首诗。TMD劝我说，她比我更擅长朗读，应该她去，并坚持让我在台上挨着她坐。我同意了，因为我是一个十足的傻瓜，从没想过要提出异议。她从来没有真正大声朗读过我的诗歌。我坐在那里，台上其他诗人的无声反对令人如坐针毡，他们当然不同意她占了个位置。轮到我/她朗读的时候，她慷慨浮夸的表演拖拖拉拉超过了规定时间，这在诗歌界简直是一大罪过。诗人们咳嗽，观众看表，每个人都坐立难安。其他诗人的朗诵都很正常，仿佛他们念的语句出自自己之手，充满真情实意，事实也确实如此。我就那么坐在那儿，像个十足的白痴，可能看上去也是。我的文字、我的艺术、我的付出、我的工作、我的诗歌，一切都被她据为己有，被她篡改，最终被人轻视。可是这件事仍然没有促使我结束这段关系。自我怀疑的种子已经生根发芽，但在它们长得更高之前我砍断了它们。

在某个时刻，我意识到我已经积累了足够多的诗歌，可以考虑做点什么了——也许足够出一本书？TMD反对我把手稿交给出版社的决定。她抗议道，我们不应该把你的作品交给他们。他们又不是我们自己人。"我们"指的是黑人女性，或者更确切地说，是她和我，因为我们是唯一重要的黑人女性。她建议由她出版这些诗歌，虽然她完全没有阅读、赏析和编辑诗歌的经验和专业知识，但这些都不是问题。她说：由我来设计封面，这个不懂艺术没有设计才能的人也能干。我们可以在影印店打印出来，然后用行李箱拉到街上卖，这样挣的钱就都归我们了。我们可不能让他们从我们的诗歌中获利。等等，我们的诗歌？

这种事她已经不是第一次干了。在我解散了黑人妇女剧团后，她和我开车环游欧洲，花的是我的积蓄。我们过得非常节省，主要吃蔬菜、豆类和面包，有时就睡在车里。即便有时会有人把她错当成我母亲，我们也不想费劲解释，也就顺水推舟认了。

她还提议去街头卖艺，充盈日益瘪下去的钱包。我们在西班牙南部就是这么干的。她唱歌，我拿着帽子向游客收钱。虽然声音不像，但她长得像艾瑞莎·弗兰克林，勉强蒙混过关。幸亏在异国他乡可以隐姓埋名,我如释重负。这个时期的我们穿着情侣装运动服和运动鞋,我们在一起以前,我觉得这种穿着是对时尚的冒犯。

回伦敦后,我已身无分文,她说服我制作首饰,这是我年轻时的爱好。我们拉着行李箱到哈克尼区的多尔斯顿枢纽站和布里克斯顿市场外的大街上,一边售卖,一边时刻提防着警察。那是1990年。和远在尼日利亚的祖母一样,三十岁的我也干起了街头小贩的行当。

剧场时代结识的朋友路过时,我恨不得跳上当时正在路过的开往尤斯顿的30路公交车。他们疑惑地看着我,问我到底在干什么。我真不知道该怎么回答。那个时候,我们的关系早已恶化,冲突不断。我表面顺从,但内里已经在酝酿反抗了。TMD 决意让我一直守在她身边做一只摇尾乞怜的狗,听候差遣。我第一本书的出版可能会给这段关系带来威胁,帮我摆脱她的控制。

※

我们到国外旅行时,我发现自己又喜欢上了男人。这个转变发生得很是缓慢,我都没有意识到,但我发现自己过去将男人拒之门外的那一部分又向他们敞开了。AF 是一个侨居美国的俄裔犹太人,我们在土耳其营地扎营时,他也在那里逗留。我们和他以朋友相待,他和我偷偷地眉来眼去。一天晚上,我告诉 TMD 我要跟 AF 和他的朋友一起去夜店。真不知我当时怎么想的。她火冒三丈，当晚就在我们的帐篷里揍我。我默默忍受着，因为帐篷是布做的，几英尺之外就是其他露营者。她以前从没打过我，我也没还过手。我不擅长打架，而她比我高大得多，也强壮得多，右勾拳很是致命。

当晚晚些时候，AF过来接我。我坐在TMD身后不远处，看着他兴高采烈地穿过营地向我们的方向走来，我摇着头，用嘴型示意他"NO"。他没有看到我的信号。她把他打发走了。那天半夜，等她睡着后，我悄悄溜到他的野营小屋，与他发生了关系。我已经近十年没有和男人在一起了，这件事也证明我的性取向变成了异性恋。我并没有负罪感，因为一个动用暴力的人不配得到忠诚。此外，我与TMD在一起六个月后，我们的关系就变成柏拉图式的了。在我看来，显然也在她看来，我们之间早就不再是恋爱关系了。她不征求我的意愿，就以我的导师自居。诸此种种表明，她自己早就对外宣称我们不是恋人，我也就不必承担对她不忠的任何可能的指责。她不可能好处占尽。

＊

回伦敦后，我不知道如何离开，也看不到出路。她希望我一直陪在她身边，质问我为什么要独自去咖啡馆坐着。要是我溜了出去，回来就会遭到盘问：我忙什么了？我做什么呢？我当时是和G有一腿，他是一名埃及医生，在夜校教课，就是我说服她让我上的那所夜校。G是一名健康倡导者，却每周给自己烤一个大蛋糕，蛋糕里放一公斤糖，一个人全部吃光。他比我大二十岁，比我矮三十公分，我去他位于卡姆登的公寓时，他会穿厚底鞋，以让自己看上去更高。我并不在意这些，我喜欢这个温顺、温柔、有内涵的男人。他与 TMD 截然相反。有了他的陪伴，我感觉从前的自己又回来了。

现在，与她一起生活就仿佛被关在恶魔岛[①]。这个只有一间卧室的小公寓里弥漫着紧张糟糕的气息。她告诉我，离开她我会活不下去，没有她我什么也不是。我越来越多地用言语反击，但在她眼里我成了顶撞。争吵越来越激烈，我想愤怒离去时，她会狠狠地打我的胳膊或堵住门口。很明显，我已经被魔鬼附身，因为我没有守好入口。她并不信教，但她相信魔鬼开始作为第三者出现。

在我严词拒绝了由她帮我出版诗歌的"好意"之后，她开始诋毁我。她叫道，我的诗真的不怎么样，之前都是为了给我信心，因为认识她的时候，我彷徨无依，而她是多么宽宏大量，为了拯救我，不惜牺牲了自己的幸福。（她还真把自己当成上帝了）。

TMD 对我作品的贬低成了压死我们的最后一根稻草。她以前的赞美是以我的顺从为条件的。她曾经是我最有力的啦啦队队员，现在却把我成为作家的功劳完全揽在自己身上，而她从来没有给过我任何建设性的编辑意见——是啊，事情怎么会这样，亲爱的？

[①] 即阿尔卡特拉兹岛，过去的联邦监狱所在地。

晚上她睡觉的时候，我会写诗，但我思绪混乱，我的缪斯女神不知所终。在此之前我建立的，以及在此之后我重建的自信，是一个作家需要的最重要的东西，尤其是当我们渴望得到的鼓励没有出现时。

我们的关系到头了。是时候离开了。但我要怎么做？一位目睹我困境的朋友提出，可以把她位于伦敦另一头的政府廉租房分租给我。

我非常害怕告诉 TMD 我要离开了，但出乎意料的是她接受了——也许她自己也受够了。我们又为物品的归属问题争吵了一番，然后我就走了。

✳

未来的几年里我将明白，亲密关系中控制欲强的人依赖于伴侣的软弱，然而，分开后，被认为是软弱的一方更有可能从容应对，而表面上更强大的人却不太能。从征服和控制他人中获得力量的一方，才是软弱和依赖型的那个。

最大的教训就是——这显而易见，但亲身经历让我明白了这一点——滥用权力并非男性、白人或异性恋伴侣的专利。一个巴掌拍不响。我不是一个受害者，虽然之后的许多年我一直这么认为。我现在更愿意把自己看成这段关系的同谋，因为拱手将独立自主权交给别人，以至于很难收回的是我自己。我一直有离开的自由。毕竟我还年轻，没有养活家人的顾虑。她对我施加了可怕的精神控制，在我试图坚持己见时，这段关系就会恶化，她就会施加暴力。假如我一开始没有被她的个性所诱惑，假如我没有忽视那些警告信号，她就永远没有机会变成我生活中的一个怪物。是我亲手喂大了这个怪物，直到它变得令人不能忍受，无法靠近。我允许自己被支配，不是被一个男人或一个白人，而是被另一个黑人女性。所以，一旦发现控制狂的早期迹象，赶快逃。

分道扬镳时，她声称自己投入了多年时间培养我，而我却丝毫没有表现出感激之情。然而事实是，认识她的时候我很坚强，是她把我击垮了。我的个性在另一个人的个性里消解，这个人比我年长得多，又善于精神控制。我的积蓄都花在了我们的外出旅行上，积蓄花光后，我又刷信用卡，那些透支过了好几年才全部还清。在此期间，她只提供了旅行专业知识，做行程攻略。即便如此，我们互不亏欠，谁也没有任何权利为对方日后的成长邀功。

在我走出这段噩梦迎来新生活曙光的二十年后，我在诺丁山狂欢节上再次遇见了TMD。当时我正和朋友欣赏花车上的乐队现场演奏，以及打扮夸张、戴着面具舞动的人群，突然，她出现在我的视线里，在人行道上看着我。我很震惊，但又无法装作没有看到，就远远地打了招呼，然后继续向前。当我经过时，她命令我"过来"，仿佛我是一只被训练得服服帖帖的狗。她的双眼燃烧着怒火，嘴唇紧闭，一副很是愤怒，居高临下的样子。我想起了过去的一切。我认出了她的惯用伎俩，大笑着继续往前。自由地往前。

✳

写下这些文字时，我觉得有必要解释一下我的女同性恋时代，因为它稍纵即逝。同性之间的相互吸引不应该被视为反常的，一种需要解剖的病理，就像异性之间的吸引不需要分析或解释一样。问题不在于同性吸引，而在于一个恐同的社会，这个社会要求同性恋群体证明他/她们的存在是正当的，要求其为自己的权利而战。追求同性关系是人文精神的证明，即从本质主义层面上讲，人类彼此联结，不管性别认同如何。它是两情相悦的成年人之间爱和欲望的表达，超越了决定谁可以爱谁的强加的社会结构。同性恋是自由和启蒙的表现与表达方式之一。

有人觉得他们本质上就是同性恋，还有一些人一知半解，喜欢的时候会发生转换，或者像我一样，从一个立场永久地转向另一个立场。这么说吧，我的拉拉经历是异性恋三明治中间的馅料。

我的酷儿认同与我的女权主义观点是并行的。随着对TMD的幻想破灭，我那种认为女性在道德上是更优越的物种，从而对男性持消极看法的观念就暴露出缺陷。每个人都存在对同性的潜在欲望。

二十多岁时，我相信女人的善良是不容置疑的，相信我的天主教孩提时代幸福的、理想化的圣母玛利亚，相信女人是好人（比如我母亲），男人是坏人（比如我专横的父亲）。随着时间的推移，我的想法变得更加细致入微，这反过来影响了我后来的人物塑造。我了解到，世界上不存在完全相同的两个人，把他们雷同化是缺乏想象力的表现——小说中的所有角色都须是独立的个体；把角色分为好人和坏人，既幼稚又老掉牙，只有童话才会这么做；把一个性别或种族群体同质化是对每个人天性的伤害；所有人都是复杂的和矛盾的，不论种族、性别和性取向，他们都能够在政府、社会或个人层面上压迫他人；我们每个人都有可能是恶人。

身为拉拉的那些年是我自我探索和自我发现的时期，这两段至关重要的关系影响了我的创作。在第一段关系中，我一直在成长，享受着自由的生活方式和与 eX 的恋情，我的幸福感和创造力都得到了提升。二十五岁以后，我任由女精神施虐狂侵蚀我来之不易的自主权，破坏我的创造力。逃离这段关系时，我发誓今后绝不允许这种事再次发生。

TMD 变成一股可怕的力量，她阻挠着我的快乐，抑止着我的创造力。许多人，许多艺术家都会有类似的遭遇，不管在工作场所中，在亲密关系中，还是与家庭成员，与同龄人——我们必须做出抉择，要不要摆脱这些有毒的关系。我们不能改变他人，也不能改变自己在一段不健康关系中扮演的角色，如果对这点心知肚明，那么解决之道便只剩下一条——逃离。

我们从生活中的诸多困难和挑战中学到很多，它们迫使我们努力实现自己的梦想，努力成为我们自己。我也从与 TMD 的相处中学到了很多。我明白是我太软弱了，以后绝不允许这种情况再次发生。假如没有和 TMD 分开，我百分之百会彻底放弃写作，可能还会抑郁，尽管我不太容易陷入抑郁。不过我确实记得我们在一起的最后两年，我变得嗜睡。

离开她后，我花了很长时间才重新找回以前的自己。

※

我的新公寓坐落在布洛克利山上，房子又大又旧，在那里可以俯瞰伦敦南部。我又重新拥有了独立的自由，我能决定谁可以来我家，分享我的空间，在这里消磨一个下午或晚上，甚至过夜。完全不必紧张，也没有他人的斥责，唯一的指责只来自我自己。我的自我迷失了整整五年。

房间的装饰是极简主义风，因为我需要一个整洁清爽的环境帮忙理清思绪。为了专心创作，我决定不买电视，后来我一直那么生活了七年。我很清楚，一个人住，电视会消耗人们的精力和时间，让我成为他人成功的被动旁观者。因为没有电视，我很快意识到电视如何利用了女性的脆弱，即使在当时的九十年代，以女性被侵害、被折磨、被杀害和屠戮等题材的电视剧还没有涌现，更没有成为电视娱乐的主流。不看这些电视节目让我觉得独居更有安全感。

过去，我忍受着 TMD 的聒噪和终日毫无意义的电视噪音，现在，我在一个没有任何干扰的安静空间里生活，这种安静令人十分享受。我可以憧憬重建一种不必对另一个人负责的生活，尤其是这个人还认为自己的意见凌驾于我之上。我必须重新为自己考虑，不是为了对抗别人的干扰和争论，而是为了让我自己的思想像美丽的流云一样形成，远离那些践踏它们的人。

最终，我掌控了我的生活，我的未来。

在这段自我校准的时期，朋友们聚在我身边，坦诚地谈论我身上发生的变化。"谢天谢地，你又回来了。"他们告诉我。是的，我回来了，尽管过程缓慢。我又回到二十五岁初识 TMD 时的样子，依然活力四射，而且比以前更加睿智。

现在我可以完全屈服于对男人重燃的兴趣、对男性身体的好奇和对男性伴侣的渴望。我想重新发现男性。过去十年的大部分时间里，我几乎没有跟他们产生过交集，异性对我来说已经变得十分陌生。我想重新认识他们。但他们是谁，又如何找到他们？事实上，这易如反掌。重新进入异性恋世界与十年前寻找地下同性恋场所完全不同，后者你只能通过口口相传的方式找到线索，最后在地下俱乐部或小酒吧楼上找到它们。异性恋世界被认为是正常的，社会各个层面都在为其提供便利。适应这样一种文化让我感到奇怪：我可以在公共场合与情侣有身体上的亲昵举动，而不必担心遭到惩罚。我也不是说与我交往的男人都喜欢与我当众牵手，他们有几位来自塞内加尔、尼日利亚和加纳等国，那里的情侣与英国的非常不同，而且，说实话，有些从没发展到和我一起上街的程度。

家是我的避难所，写作是我的头等大事，我的生活方式必须优先满足我新萌生的成为一名作家的创作野心。幸运的是，与我交往的男人们并不想在我的空间待很久，也并不想打破这种均衡，即使我希望他们这么做。几年的约会生活后，我希望能有一段真正的亲密关系，但这个愿望很难实现。我通常充当的是炮友的角色，尽管男人们并不告诉我这一点，或者我会发现他们不过是令人作呕的逢场作戏。和正常人一样干些事情，比如每周见面出去吃顿饭，或者看场电影，似乎并不过分。到公园里散个步也好。我那些从未从异性恋关系中抽身、更有经验的异性恋朋友说，我太天真了。他们的识人雷达比我的更精准。他们告诉我，我已经离开这个圈子太久了，察觉不出这些迹象。当然，他们说得没错，我现在不是十八九岁，而是三十多岁，找到真正想谈恋爱的男人成了问题，因为随着女人的年龄越来越大，找到想承诺一生的男人的概率越来越低。

为了迎接全新的生活方式，我不再把自己打扮成一个雌雄难辨的女同性恋者：短发，或者把两边头发剃光，头顶上的脏辫像吊兰一样散开。我彻底改成一副异性恋打扮，把头发留成长长的卷发，穿上我之前提到的老板恼火时用来分散他注意力的裙子，甚至穿起了女式衬衫，而不是男士衬衣。男人们对我的反应发生了变化，十年来他们第一次注意到我。我看上去就像女人"应该"有的样子——有女人味，这个概念让女性世世代代受到压抑，但现实就是如此，我只是在遵循游戏规则。只要看上去有模有样，结识男人就不成问题：派对、音乐会、酒吧、夜店、剧院、邂逅无处不在。

*

我的情人之一是个诗人，曾经是政治犯，住在国王十字区的公寓里。他的床头是一排五颜六色的安全套包装，我很快发现，那是他存在的理由和象征。他非常诚实和坦率，对自己的逢场作戏毫无歉意，没有哪个女人会拥有他，我也不应该对他抱有任何期望；任何时候他都想做什么就做什么。我信了他的话，但某次我们一起外出，他真的就把我丢在门口，自己去猎艳，几分钟后就和其他女人聊得火热，直到最后成功捕获猎物。大概率是这样的，在那之前我就离开了。

一个实习医生经常借口下班晚，在深夜时分来看我。我以为我们是在谈恋爱，直到一天晚上我看到他和另一个女人走进布里克斯顿的一家酒吧。在我的当面质问下，他说我们其实并没有在一起，虽然他每周都会来我的公寓。我们两个对深夜幽会的理解显然很不一样。还有一位银行家，经常清晨时分让我去他切尔西的住处，我每次都匆忙前往。有一次，我发现他在前一天晚上开了派对，而我并没有收到邀请。还有一次，我在他褥底下发现了一条紧身裤。他不觉得紧身裤有什么问题。我们大吵一架，分了手。

朋友们说得没错，我本应该更明事理，更明智的，而我却表现得像个不谙世事的少女。我还和一个长相颇似神话英雄的家伙交往过一段，他住在英格兰北部，因为不常见面，我非常想念他，我们兴趣相似又都很幽默，似乎在许多方面都是天作之合。

但我怀疑他在来伦敦期间偷腥。他会出去看望朋友，第二天早晨才回来。不知道他去了哪里的我，整晚蜷缩在床上哭。积极的感受很容易说出口，但当需要调和彼此分歧时，我就会变得语塞。最后一次他中午时分才溜进我的公寓，我终于鼓起勇气质问。他怒了，撒了很多谎，我们结束了。这段关系中我一直在渴望，还相信渴望就是爱。

分手后的一段时间，每当我们再次见面，就会亲热——或者，正如他在某个酒店速战速决后说的那样，我们就是交配的动物。"我熟悉你的气味，你也熟悉我的。"他写道。对我来说不是这样。那是没有感情投入的原始性爱，我想要的不是这个。然而，在我二十岁出头的年纪，与那些想从我这里得到更多的女人上床时，我也是这副模样。我非常恼火自己屈服于他的诱惑，而他之后扬帆起航，兴致勃勃地朝下一个征服目标发起进攻，空留我一人筋疲力尽。

雄心勃勃，左右逢源。这些男人来来去去，一段时间内颇有魅力，一段时间后魅力尽失。周围有哪个男的不是大男子主义，不劈腿并且专一的吗？我并没有发现。

从这时起，我开始尝试上个人提升课程，因为我意识到自己仍然背负着很多有关男人的消极的精神包袱。我列出了一些关于亲密关系的观念，以便认识它们是如何阻碍我前进的。例如：感情不会持久；我付出的比得到的多；世界上并没有适合我的人；男人没有情感价值；大多数男人在性方面都很自私；感情会消耗你的能量；婚姻是牢笼。

再次阅读九十年代中期写的这些清单，我想起自己为了找到合适的男人所经历的种种；我必须努力摆脱我对自己、对男人和亲密关系的消极看法。这很有效，但只是在一定程度上有效，因为我仍然没有吸引到适合我的男人，或者想安定下来的男人。

大约在这个时候，我会偶尔去拜访灵媒，因为我渴望一条通往未来的捷径，我特别想知道"那个人"何时才会在我的生命中出现。不出我所料，那些灵媒很擅长预测"那个人"就在前方不远处。我加入了巴特西的一个小组，在一次见面会上，那个所谓超级灵媒召集人问了我们很多问题，并借用这些问题的答案来洞察我们的生活，好像我们不记得三十分钟前刚向她提供了一模一样的信息似的。

现在回想起来，与那些得不到感情或肉体的男人（或两者都不可得）的暧昧和交往使我有时间投入到自己的写作中。我不确定当时的我能否在同居伴侣和事业之间取得平衡。我的生活方式使我能够在白天或晚上的任何时候写作，即便出国旅行也不用担心把某人独自留在家里，也不必对只能被迫留在家里感到压力。我不想打破这种生活方式。

※

在准备写这本书时，我翻出了一些我写给自己的信，那是我在特定时期的生活记录。其中一封信是在我父亲 2001 年去世后几个月写的。我打开信，发现我已经忘了他的去世对我的打击有多大。我写道：

> 爸爸走后，我很低落，非常非常低落——好像我没有了活下去的理由，我的孤独感从未如此强烈。我几乎看不到一直让我坚持下去的积极阳光的一面……我觉得过去十年是孤独的十年，一段真正令人满意的关系也没有……大部分时间总是一个人在家里度过，独自一人，十年都是一个人。怪只怪我自己。我周围很多人在恋爱，但我却找不到一个爱人，太糟糕了，太绝望了，这就是我的余生——与孤独为伴的余生。

我不记得我当时的感受是如此深刻，但它就在那里，在我写的字里，白纸黑字。

※

后来我认识了我的丈夫，一切就自然而然发生了。我们是 2005 年通过一个交友网站认识的。在那时，约会网站刚刚兴起，人们对其嗤之以鼻。我注册了账号，有人为此说我是个失败者。

在遇到他之前，我刚结束了一段毫无进展的恋情，因为我想为新人腾出空间。接着，我决定放弃我相信恋爱需要的所有的表面要求，甚至包括理想男人读的报纸和他的音乐品味。最后，我的标准简化成几项基本条件：年龄范围、身高（要高）、对艺术感兴趣、没有孩子、住在伦敦。很快，我就认识了大卫。我们通过电子邮件联系，一拍即合。他风趣幽默聪明，很有创见，我们性格也合得来；他为人也非常可靠，在见识了那么多不靠谱的浪荡子之后，这一点非常吸引我。

我注意到我约会过的几个黑人男子与大卫的不同之处。黑人男子因为生活在白人占多数的国家，外表变得强硬，而大卫是一个中产阶级白人，所在的国家甚至在他开口说话之前就普遍接受了他，他一开口说话就自动拥有了社会地位；他永远不会受到警察骚扰，也不会在商店被跟踪。

认识六个月后，我们就搬到了一起。我曾担心同居会影响我的工作节奏，但我们在工作日程和感情方面都没有任何问题。

一位已婚朋友告诉过我，婚姻不是禁锢而是自由，这与我自己的认知恰恰相反。在我一生的大部分时间里，我一直公开反对婚姻，然而，与大卫结婚后，我理解了她。在大卫之前，我的大多数恋爱并不尽如人意，那些我寻求伴侣的时间占用了我的情感能量和精力。我意识到，在婚姻中对大卫做出公开的法定承诺，使我得以有更多时间去处理生活中的其他——其中最重要的，是写作。

fēoper（古英语）

merin（约鲁巴语）

a ceathair（爱尔兰语）

vier（德语）

quatro（葡萄牙语）

* 四

戏剧, 社区, 表演, 政治

就这样，我与众多并不合适的男人来来往往，直到我找到了灵魂伴侣。在此期间，是女性朋友的友谊，值得信赖、坚定不移、叽叽喳喳、彼此欣赏的友谊，支撑着我，让我没有崩塌坠落，我也同样支撑着她们。

我的朋友们有男有女，但女性朋友在我身边的时间最长，有一位已经陪伴了我五十年，足足半个世纪，令人惊叹。我母亲更厉害，她最长的一段友情持续了八十三年。

在我离开TMD之后，遇到大卫之前，我会给我的女性朋友们打电话，一打就是几个小时。她们与男人的关系也同样不尽如人意。我们哀叹命运不济，彼此寻求建议，反复探讨彼此爱情中的细节和得失。我们交往过的许多男人都不向我们吐露心声，他们在感情方面一窍不通；每每试图让他们敞开心扉时，他们都会变得暴躁易怒。我们只能事后猜测他们到底发生了什么。那些本应与我们的男人进行的对话——关于彼此冲突的欲望、未被满足的需求，关于误解，关于疑似背叛——我们说给女性朋友听。

也正是通过我的女性朋友，我开始了作为戏剧创作者的日子。1982年，在学习了社区戏剧艺术（CTA）课程后，我从罗斯布鲁弗学院毕业。我与大学时期的两位知己波莱特·兰德尔（Paulette Randall）和帕特里夏·圣·希莱尔（Patricia St Hilaire）一起成立了英国第一个黑人妇女剧团。假如没有我们的友谊，这个剧团就无从诞生。

学院楼在锡德卡普公园湖边，风景如画，学校总计大约两百名学生。我入学那年招收了大约二十四名，其中黑人女生破天荒占了五个。这对一所戏剧学院来说很是不同凡响，而社区戏剧艺术课程也很与众不同，因为它的职责是培养既会演戏还会创作"社区戏剧"（Community Theatre）的演员——"社区戏剧"，指的是由被排除在主流戏剧之外的社会群体所创作、为其服务、反映其生活的戏剧。

在那里的三年是我女权主义身份认同的形成期，那三年给了我与女权主义戏剧创作先驱们一起工作的机会，其中许多人都已有自己创建的妇女剧团。她们在创作戏剧的中途被突然派到这里，指导我们演出，培养新人。

大学时代伊始，我一副女孩打扮，蓬松的辫子上还装饰着五颜六色的珠子，脑袋晃动时珠子就会叮当作响，但毕业时的我看起来像是个女T。至少毕业照上是这样。事实上我并不是女T，女T我认识一些，跟她们相比我都可以算P了。无论如何，随着性取向越来越被认为是流动的而非静态的，"T"和"P"非此即彼的二元对立也已经过时。

这个过程也塑造了我的黑人女性身份,有生以来第一次,我认识了我的亲生姐妹之外的黑人女性。

戏剧学院是严肃紧张的实验室,需要高度的自我审视和集体审视。在某种程度上,未经思考的自我被拆除掉,这样你可以重建自我,对你是谁有更深的体悟,反过来这又能让你创造出令人信服的角色——至少理论上如此。每天必须去上课,课程十分务实。我们不是坐在阶梯教室里,而是忙于参加各种排班紧凑的,关于动作和声音、表演和创编、排练和演出的工作坊。我们成天待在一起交流,互动,彼此深入了解,很快,我们就建立了深厚情谊。

波莱特和帕特里夏比我更有个性——更自信,更健谈,带着一种古灵精怪的幽默感。我比较安静,以至于同学们都说我"冷漠、沉着、镇定"。这个评价让我很是吃惊,因为我眼中的自己恰恰相反。还没成年的我,和其他人一样,仍在寻找自我。

波莱特为人风趣幽默,喜欢搜集趣闻逸事,对吃喝玩乐很有讲究,而帕特里夏拥有魅力超凡的领导才能,可以搞定一切。她们两个都在加勒比家庭中长大,对上一辈的文化浸淫更深。我参加的第一个非洲-加勒比派对就是在波莱特克拉珀姆区的家里,他们腾出客厅作为舞池,音响里放着雷鬼音乐和爵士灵歌,厨房的炉子上炖着美味的牙买加菜。帕特里夏来自哈克尼区,看上去那里的每一个黑人她都认识。"你还好吗"(Y'all right?)是她打招呼时的口头禅，离开的时候通常还会再来上一句"回见"（More time）。假如对方她不认识，她会头部微微向上倾斜，来一个"黑人式点头"。向陌生人致意对我来说很是新鲜，用点头来传达联结也让我受益匪浅。很快，我也开始这么做，这让我对周遭环境有了归属感。来自"伍尔维奇白人社区"的女孩很开心熟谙了这个属于圈内人的暗号。

一个全新的世界打开了。成长经历如此不同的我，深深感佩于波莱特和帕特里夏对黑人社区的沉潜之深。从她们那里我受益良多。

✳

三年来，我提高了自己的表演和戏剧制作技能，参加戏剧演出，对聚焦无家可归等时事热点的集体创作戏剧进行了调研，还拜访了位于苏豪区希腊街无家可归妇女收容所。我被吓到了。那里的肮脏与狄更斯笔下的世界没什么两样。今天，那里成了一家私人会所。

假如我学的是别的戏剧课程，专注于表演技巧而不是戏剧创作，我可能会成为一名演员，一名黑人女演员——老实说，任何种族的女演员都一样，她们的选择都极其有限——然后我很可能早早就放弃了这份职业。但我没有，我做好了迎难而上，与朋友一起创建一个属于自己的剧团的准备。

在更传统的戏剧课上，我可能会被安排成配角，这是我认识的许多黑人和亚洲女演员的宿命。汗颜的是，直到近年，甚至可能在今天，情况依然如此。然而，当年我却被安排了重要角色，比如麦克白夫人和《三便士歌剧》(*The Three Penny Opera*)中的"小麦飞刀"——我要在剧里唱歌，吹萨克斯，而我不仅唱得不好，吹得也很糟糕。

对于我们这届仅有的五个黑人女生，一起合作，探索我们自己的种族和性别就变得顺理成章。我们设计了一部名为《应对》(*Coping*)的戏剧，探讨了黑人女性与黑人男性之间的关系。这部剧由学校专程邀请的一名黑人女导演执导。我们在社区剧场的巡演证实了对黑人女性故事进行多元探索的必要性。

毕业后不久，在伦敦的一家剧院，帕特里夏和我因为反对剧中对同性恋角色的脸谱化塑造，还对这位导演的作品起过哄。当然，我们百分百是糟糕的背叛。为什么要对另一名黑人女性创作的戏剧起哄呢，何况她曾经还好心地指导过我们？如果有不同意见，应该与她私下探讨才对。

现在我明白了，自己年轻时对女权主义的理解单薄如纸。我拥有重生的狂热，学会了虚华辞藻，但还没学会充分审视自己，按自己的价值观来生活。许多年过去了，我对女权主义有了更深刻的理解。假如我二十岁出头的时候社交媒体已经存在，我可能会成为我口中的"推特圈疯狼"，因为我会对任何不同意我的政治立场、拒绝接受任何细微差别的人疯狂攻击。我站在道德的制高点，我对社会不公感到愤怒，我对自己的政治信念坚定不移。

对于那些想通过简短声明表达观点，又不必进行得体争论或捍卫立场的、永远怒气冲冲的人来说，推特是一个完美的平台。然而今天，当人们因为自己过去在社交媒体上发布的帖子被翻旧账、被追责时，我为他们难过。人总会成熟，总会有所改变。

※

我们在戏剧学院的最后一个学期，帕特里夏、波莱特和我的几个戏剧片段在皇家宫廷剧院的黑人作家节上演。自己的剧本能被选中，并且能在如此重要的剧院演出，我们高兴极了。我的是一首多声部叙事诗《穿越》（*Moving Through*），我只能说它是以我童年时代的艰难成长为背景的诗剧。波莱特的剧本《钓鱼》（*Fishing*）聚焦了两个少女的故事，而帕特里夏的《只是另一天》（*Just Another Day*）则是对母女关系的戏剧化探讨。

然而，皇家宫廷艺术节之后，戏剧生态并没有变得更开放和包容。我们三个毕业后的前景一片黯淡。我们心知肚明，有色人种女性很少出现在戏剧、影视等作品中，即便有，扮演的也往往是配角和丑角。再过几十年，不分肤色和性别的选角才会为整个行业所接受，并彻底改变这个行业。我们对黑人女性形象的呈现有强烈的政治意识，不想把自己放在演艺市场上明码标价，而且说实话，我们太目空一切，自我膨胀。所有年轻女性都应该目空一切，深信自己有能力去创造自己渴望的未来。

"黑人妇女剧团"这一名称本身就是对所有权和宗旨的大胆

声明，是我们掌控自己的命运，并让黑人女性的声音在戏剧中被听到的解决之道。我们受到的训练是不要只考虑自己的利益，要成为无私的演员和戏剧创作者，所以我们既希望有一个能施展自己创作才华的平台，同时也希望能为社会贡献自己的力量。

我们的第一次现场演出是1982年受邀参加阿姆斯特丹梅尔克韦格举办的国际妇女戏剧节，就是我认识eX的那个戏剧节。我们创作并演出了三个独角戏，反响很好，被这么多有影响力的女性戏剧制作人簇拥着，我兴奋极了。回去后我们继续经营剧团。我们虽然受过戏剧表演和写作的训练，但并没有商业或艺术管理头脑。我们互相支撑，一路摸索，筹集资金，量入为出，与特约工作人员沟通，导演作品。

当时我住在新十字区，但很快就搬到了伊斯灵顿。波莱特早早离开了剧团，成为皇家宫廷剧院的一名见习戏剧导演，此后一直从事戏剧和电视导演。

我们的前两部长剧都是心理剧。《轮廓》(*Silhouette*, 1983)，围绕一名当代混血女性和一个两百年前在加勒比死去的女奴隶的相遇展开；《派尤卡》(*Pyeyucca*, 1984)，讲的是一个备受压抑的女性的故事，她那叛逆的另一个自我在舞台上幻化为派尤卡这个角色。

剧本是帕特里夏和我一起创作的，深感任务艰巨的我们，常常拖延到最后一刻。情况常常是：演出的资金已经到位，排练场地和制作团队已经定好，为期六个月的巡演计划也已安排妥当并发布。我们就差一个剧本了！

我忘不了截止日期迫近时的那种恐慌感，但同时知道我需要极大的压力来逼自己写出东西。今天的我依然如此，尤其是写短篇纪实类文章时，写长篇比如一本书或一篇长文时则还好。可能有好几周的时间，但我只会在最后期限的前几个小时才开始动笔。

我们的作品是混合了戏剧诗歌，布景、动作和音乐极简的实验性剧作，或者说，是一种戏剧拼贴，诗剧。我们决心不遵循英国戏剧前辈制定的任何惯例，我们并不把他们视作榜样。1979年，非裔美籍作家尼托扎克·尚吉（Ntozake Shange）著名的"配舞诗剧"[①]从百老汇之外的剧院巡演到伦敦西区时我们看过，"给那些当彩虹出现/就要考虑自杀的有色女孩"，我们深受启发，也想创作出一些契合我们想讲的故事的戏剧。随着剧团规模越来越大，我们聘请了新的编剧，比如杰基·凯（Jackie Kay），她的处女作《明暗对比》（*Chiaroscuro*，1986）就是在这一时期完成的。

※

经营一个黑人妇女剧团需要主创具备一定的斗志和血性。我的政治声音就是在那些与不希望我们存在的力量长期斗争的岁月中锻炼出来的。和许多行业一样，戏剧从业者在反对种族、性别

[①] "配舞诗剧"（choreo-poem），一种融合了诗歌、舞蹈、音乐和歌曲的戏剧表现形式。美国作家尼托扎克·尚吉上世纪70年代首次提出这个概念。《彩虹艳尽半边天》是配舞诗剧的代表作品。

或性方面的不平等现象上很谨慎，因为这可能会危及他们的职业生涯。为了在这个不稳定的职业中找到活计，演员尤其重视维持良好的人际关系和声誉。但作为剧团掌舵人的帕特里夏和我并不害怕自断后路。我们公然鼓吹女权主义，必要时高声疾呼，包括与那些认为女权主义是一种白人疾病，觉得我们的剧团在搞分裂、没有必要存在的黑人男子争论。人们批评我们搞"分离主义"时，我们回击说，艺术当权派首先青睐男性，其次是白人女性，我们的所谓分离主义正是对他们分离主义的回应。（还有，我们也与男性和白人合作，不过主要在幕后。）

女性是我们艺术团体的核心。剧团不是一个社区，但我们与更广阔的社群相连，所以我们并不感到孤立。虽然在白人女权主义者中间或以男性为主的空间活动时，我们会因为有色人种女性的身份被边缘化，但在我们自己的公司，我们就是一切的中心。

1986年，帕特里夏离开剧团，另谋他职，她创编歌剧和舞蹈，并担任教练、培训师，做人力资源。那时我已经不再写剧本和表演，而是把时间花在剧团管理上。我和TMD住在一起，深夜写诗，陷进她的旋涡。在一项重大艺术资金的申请被拒后，我解散了剧团。当时我本可以继续争取资金的，但我已经受够了。

黑人妇女剧团是二十世纪八十年代涌现的三十五个黑人和亚洲剧团之一，这些剧团都志在革新表演文化。到了九十年代末，大部分剧团都没了踪影——要么是因为资金匮乏，要么是主创倦怠了，或者找到了更乐于接受他们才华的主流艺术文化机构。许多在这些剧团开启职业生涯的人后来都去了电视、戏剧和电影行业。

组建剧团意味着要自主把控艺术创作过程，从构思到演出。作为投身艺术行业的新人女性，我们没有被动坐等；为了自己和社会，我们努力让梦想成真。我们挖掘历史，重新想象历史，探索将边缘置于中心的视角、文化和故事。在剧团的工作经历为我后来的创作奠定了基础。

※

但现在，我想带你回到更遥远的过去，回到我真正开始接触戏剧的 1972 年……

就在那一年，十二岁的我第一次踏进中央舞台（Stage Centre）的大门，那是我家附近一座废弃的教堂，格林威治青年剧院（现在的特拉姆赛德剧团，Tramshed）就在那里。那一刻永远地改变了我的人生轨迹，我就是从那次首次接触到戏剧艺术的。在那之前，我还从没有踏进剧院一步，只去电影院看过四部电影：《欢乐满人间》《音乐之声》《飞天万能车》和《小鹿斑比》（考虑到你可能会问哪四部）。

其实我去那里不是为了我自己；我是去给一个姐妹加油打气的，她很想参加，但太害羞了，跑到厕所躲了一整晚。我直接就加入其中。喜欢假装成不同的动物绕着圈子跑来跑去的我，很快就交到了朋友。后来我每周都会去那儿参加工作坊。工作坊只象征性地收一些费用，家里能负担得起。每年公演一次。大多数孩子不像在表演学校或戏剧学校那样乐意上台，但他们都会参加，因为这是有趣又好玩的娱乐方式。父亲通常不同意我们去任何地方，但他觉得去那里的都是好孩子，很安全，所以允许我去。是的，那里好孩子很多，但父亲不知道的是，十三岁，我就开始先到酒吧和朋友们喝半杯香蒂酒，抽根烟，再回家。那时未成年喝酒不会受到盘问，尤其如果你个子很高，看上去比实际年龄大的情况下。

在那儿的大部分时间里，我是唯一一个黑人小孩，但我没觉得这是个事儿。没有人对我区别对待。假如大家平等待你，那么你的肤色就只是肤色而已。我只是剧团的一员，大家都接受我。在许多方面，这里都是一个避风港，是我们聚在一起的圣地。在这里，我们知道无须遵守社会规范；我们可以做自己，而不用担心被欺负，也不用担心别人把我们当成怪胎。

各个阶层的孩子都在，我们之间没有隔阂，常常一起玩耍打闹，不愉快的情况少之又少。我只记得一个非常时髦的女孩和她那群同样时髦的朋友，在我们的一次即兴表演的头脑风暴中打压我。写这本书的过程就像一次次小小的时间旅行，令人惊喜——突然间，我仿佛又回到了十三岁，我还记得她拖着讨厌又傲慢的长腔告诉我，我一直很热衷的想法其实非常愚蠢时，我是多么受伤，像是被蜇了一下。值得庆幸的是，尽管她的话令人难忘，但她在那里待的时间并不长。

回想起来，这可能是我第一次，也可能是唯一一次在那里有自卑感。

印象中我自己当时默默无闻，但最近翻当时演出的照片，我发现我被安排出演了引人注目的重要角色。这和我记忆中不一样，但照片就是证据。啊，人的记忆是多么不可靠！不管怎样，我想我内心深处无人怜爱的小孩肯定很享受这种关注。

在我十四岁时，约翰·巴拉尔迪（John Baraldi）[①]来到青年剧院，他的积极和活力改变了我们许多人的人生。他穿着工装裤和木底鞋，酷极了，这身打扮我后来还效仿过。他还和我们一起去德比郡巡演。虽然只是一个周末，但我很喜欢第一次离开家、和朋友在一起的自由。我们在聚会上玩到很晚。我和我的朋友珍妮·勒·梅尔跟着一个"时髦"的家伙学会了跳"手舞"，因为觉得在身体保持不动的情况下用手做复杂的旋转动作独具一格，便把这项技艺带回伦敦。此后几年里，我们常常在聚会上跳手舞，自以为比那些"全身舞者"还酷。我们从未想过为什么它没能流行起来。

十六岁那年酷暑，约翰带我们去挪威的滕斯贝格巡演，那是我经历过的最激动人心的时刻之一。在那之前，我唯一一次出国是坐轮渡到法国布洛涅的一日游。就这样，我们十二个十几岁的孩子，乘火车、坐轮船，经由丹麦，离家远行。我们尽情地奔跑，那么自由自在。

---

① 伦敦电影学院导演。

我喜欢这张一百多年前在尼日利亚拍摄的照片。照片上的两个女孩是玛丽亚和亚历山德拉,她们是父亲同父异母的姐姐,由我祖父的第一任妻子所生。左边的女孩长得很像我父亲。父亲的双胞胎姐姐朱莉安娜·凯欣德·奥巴费米在弟弟1949年移民英国前死于难产。我对去世的姑姑们一无所知。

我的祖母泽诺比娅·埃瓦里斯托（1967年去世），20世纪20年代前后在她的婚礼上。我从未见过她，因为这张照片，很多年我都把她当作我的精神导师。

我的祖父格雷戈里奥·班科莱·埃瓦里斯托（1927年去世），一副威风凛凛的样子，好像在说"别惹我"。他是一个"阿古达"，1888年年底巴西废除奴隶制后回到非洲的那代获得解放者之一。我父亲出生前他就去世了。又一段丢失的家族历史。

我母亲的父母：外婆玛格丽特·艾伦·布林克沃思（娘家姓伯特，1905—1986）；外公莱斯利·布林克沃思(1905—1955)，外孙出生前他就去世了。他们两个都是英国人，但外婆的母亲是爱尔兰人，外公的母亲有一半德国血统。他们的先辈中还有分别来自苏格兰和挪威的。

父母的爱情取得胜利的伟大日子，坎伯韦尔，1954年。

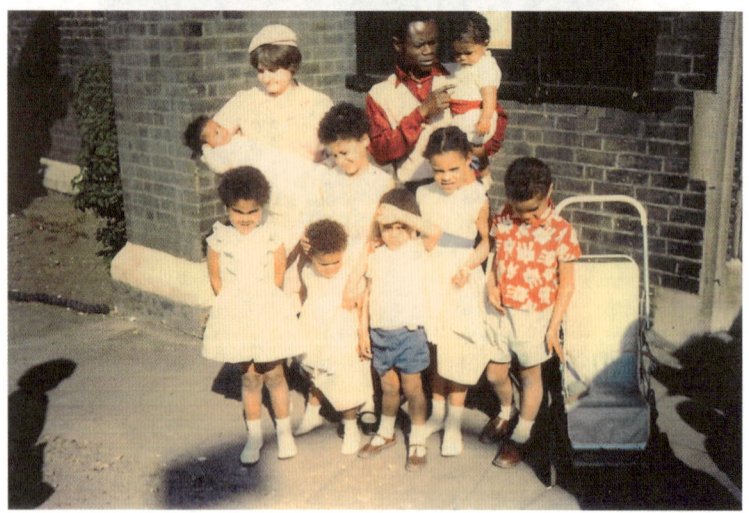

上图：我还是肉乎乎小胖墩的时候，1960年。
下图：八个孩子唯一一张合影。我是那个看起来像小恶魔的，20世纪60年代。

上图：我七岁时第一次领受圣餐。我的同伴迫不及待想离我远远的。

下图：和妹妹夏洛特在儿时的家门前。她不得不和我共用一间卧室，忍受我的"独裁"，1972年。

伯尼万岁！众人前来拜见！格林威治青年剧院这部关于古代英国异教徒的作品可能让我冲昏了头脑。照片上可以看到一个女孩脸上化了蓝色妆容，以再现凯尔特人作战前涂在身上的颜料"菘蓝"，1974年。

求学岁月的最后一年，与同学苏·凯斯，帕特·爱德华兹和朱莉娅·斯科尔特合影留念。"郊区之家"的埃瓦里斯托女士身着扎眼的羊毛外套、套头衫、围巾，这些都是她自己设计、自己编织的——没有图案，主要是因为她不会按指示来。现在依然不能。

这张照片是希拉里·史密斯一天下午拍摄的,当时我们没有为高级水平考试做复习,而是在我家花园里玩耍。当时一起玩的同学前几天提醒我,说我以前老说自己以后会出名,当然,这个我早忘了。1977 年。

戏剧学院的毕业生透过晾衣绳上的床单望向外面，憧憬着未来。年长后的她觉得年轻时的自己根本一无所知——但她看起来真的很酷。由珍妮·勒梅尔在我们位于新十字的合租房里拍摄，1982年。

我和 eX 在阿姆斯特丹的梅尔克韦格见面的那晚，1982 年。

20世纪80年代早期,扭脏辫是件严肃的事,那时还没有打理脏辫的专业发型师;年轻女性流行留脏辫,作为对白人审美规范的反叛,因为人们会觉得你怪异、危险,而且不洗头。和帕特里夏·圣·希莱尔在火车上,1983年。

《劳拉》第一版。表情严肃；梦想远大。1997年。

上图：苦乐参半的诗歌选集之旅。第一排从左至右依次为：拉曼·芒代尔，我本人，玛丽卡·布克，佩兴斯·阿格巴比。第二排从左至右依次为：珍妮特·科菲—茨克波，多萝西娅·斯马特，凯伦·麦卡锡·伍尔夫，帕尔姆·考尔，赫弗里·莱利，凡妮莎·理查兹。照片由林登·道格拉斯拍摄，文艺复兴一号的梅勒妮·亚伯拉罕斯供图。拉德布罗克格罗夫，科布登俱乐部，1999年。

下图：文学节和书展最棒的一点在于你可以和其他作家和文学伙伴见面交流。从左至右依次为：比伊·班德尔，我本人，科林·钱纳，梅勒妮·亚伯拉罕斯，考蒂亚·纽兰，夸梅·道斯。迈阿密书展，1999年。

她和他在伦敦摄政公园的水果大会音乐节上。摄于我们相遇那年，2006 年。

我并非一夜成名，但一夜间一切都被改变。图为与玛格丽特·阿特伍德在伦敦市政厅举行的布克奖颁奖典礼上，2019 年 10 月 14 日。

在滕斯贝格，我和珍妮住在与我们同龄的一个女孩家里。她家是宽敞的木制房，十分迷人，在那之前我只见过砖房。他们家外面还停了两辆车，看上去非常富有。在今天的英国，一个家庭拥有两辆汽车很是常见，但在当时不是这样。事实上，看二十世纪七十年代早期住宅的街道，包括我儿时住过的街道的照片，房子外面几乎没有汽车。

挪威的一切都是那么富有异国情调——大杂烩式的自助早餐，用纸盒而不是玻璃瓶装的牛奶，真正的果汁而不是果汁饮料，还有我喜欢的现代、极简的斯堪的纳维亚室内装饰。当时，Habitat家居的影响力还没有扩展到切尔西以外的地方，而且至少还要再过十年，花卉图案的家具时尚才开始被简洁的宜家所取代。我惊讶于挪威有那么多金发碧眼的白人，而挪威人则讶异于我的头发，他们常常惊奇地轻拍我的非洲式爆炸头。我喜欢挪威美丽的田野和峡湾，喜欢深夜我们偷偷从主人家的窗户溜出去，在森林里围着篝火聊天，喜欢太阳落山时我们在小山顶上表演戏剧，四周都是古老的遗迹。

我从二十多岁开始探索国际旅行，多年出国旅行的渴望就始于这次外出，这也是我第一次真正体验外国文化。

※

加入青年剧院让我跻身"文艺阶层"，我开始打扮得张扬炫目。十六岁，正是叛逆劲儿在体内涌动不可遏止的年龄，而穿着是叛逆的外在体现。那时的我心甘情愿地承认自己的边缘人身份，我不再是走路只低头看路不看前方，或者上学路上边走边看书的难为情的孩子了；我在穿着上变得好出风头，在外观上大声宣告自己的身份。在过去的文化中，假如有女性脱颖而出，必定会成为男性凝视的对象——一个令人们"来归相怨怒"的性感美人，而不是某个不尊重"女性化"着装规范的人。戏剧和表演让我下定决心，要学会在这个女性必须循规蹈矩的文化中自我表达。七十年代的黑人女性穿着保守，短裙、衬衫、剪裁得体的短上衣、低跟鞋，这一切都是为了让她们看上去体面可敬、令人满意。但事实是，我们永远不会融入她们，至少那时不会。我们的肤色不对。

在埃尔瑟姆希尔女子中学（Eltham Hill Girls）的最后两年，我们可以不穿校服，穿自己的衣服。因为小时候外婆和姨姥姥教过我编织、缝纫、钩东西，我开始自制衣服。与我将来写剧本和书一样，我相信，生活中需要什么都可以靠自己的双手创造。我的得意之作包括一件条纹长外套，一件多色条纹套头毛衣，一条多色围巾，加上戴在我非洲式爆炸头上的喜庆的红色贝雷帽，印加纹样的袜子，一条商店买来的拼接粗斜纹棉布裙，再配一双白色踢踏鞋。（也许袜子有点过头。）

朋友的母亲建议我着装不要如此高调怪异，过于显眼的装扮会让我成为种族主义者的靶子。就像我今天听到糟糕的建议时一样，我一笑置之。我不会为了试图过一种没有风险的生活而打扮成不像我的样子，我不想让自己变成透明人。

在乔治·奥多德成为流行歌星"乔治男孩"之前，我和他住同一条街，他的中性装扮华丽又古怪。我们不认识，但我们的父亲认识。大卫·鲍伊有段时间住在我们中学附近，他当时正以其惊人又夸张的中性风格闯出一条新路。现在看来，作为一个远离国王路或卡纳比街等时髦地段的郊区小孩，那时的我和他们一样，想向外界传达自我的看法和态度。在我看来，我这么穿不是为了取悦平均有 2.4 个孩子的郊区先生和郊区太太，他们设定的"黄金标准"我永远无法企及，我这么穿是为了大声宣告，我会大有前途，而且迫不及待地想离他们远远的，越远越好。

那时候，任何见过我的人都会明白，这位年轻女士上学可不是为了到必须穿职业装的工作场所上班。很明显，我上学是为了进入艺术行业，一想到以后要坐办公室，我就会觉得还不如自杀。不久前，我的一位手足问我，既然我们童年的全部意义就是要努力融入社会，那我为什么在十几岁时穿得那么出格。我早就有了答案，但我讶异于我们之前从未谈论过这个问题。

青年剧院在各个方面都开阔了我的眼界。它不仅让我接触到了艺术，还在一个集体的、大学的、非竞争性的环境中培养了我的个性、同理心和想象力，同时也培养了我的自尊、自信和自我认知。我们还被鼓励独立思考——不像小时候的天主教教会，在那儿我们被强迫信仰与效忠一个看不见的存在，否则就会在地狱之火中永世不得翻身；也不像学校，我们的英语老师明确表示，对一部文学作品她的解读才是唯一正解，为了得高分，我们不得不去猜测她对一首诗的看法，而不是做出自己的解读。在青年剧院也不像在家里那样终日活在被体罚的威胁中。这里的老师尊重我们，假如有人不守规矩，他们会耐心地教导。

＊

在青年剧院的影响下，我成为一名狂热的戏剧爱好者，这一爱好持续终生。我记得十几岁时在舞台剧中看到的所有黑人女性。她们的数量是如此稀少。第一个是1973年克莱奥·西尔维斯特（Cleo Sylvestre）在布莱克希斯·柯门（Blackheath Common）的泡泡剧场参演的帐篷戏剧，之后是德国女演员米里亚姆·戈尔德施密特（Miriam Goldschmidt）1975年在圆屋参演彼得·布鲁克的里程碑式作品《伊克》（*The Ik*）。那段时间，我还在伦敦西区看了布伦达·阿诺(Brenda Arnau)饰演的音乐剧《维罗纳二绅士》。

这些女演员让我明白，我也可以从事演艺事业，尤其她们还都是混血儿——虽然可能出于肤色歧视的缘故，这些演员的肤色没有很深。直到最近，肤色较深的黑人女演员仍旧比皮肤较浅的更难被选中。

学院后来新成立了戏剧俱乐部，我自然加入其中，并且很快就和好朋友希拉里·史密斯一起成为活跃的青年才俊。我在迪伦·托马斯的《牛奶树下》（*Under Milk Wood*）中扮演卡特船长，开始崭露头角。这部作品捕捉了渔村中威尔士人的日常片段，我喜欢它充满诗意的语言。在观众们面前扮演船长，看他们仔细倾听我吐出的每一个字，这让我浑身充满力量。我得到了认可，我感到了被倾听，即使这些话不是我自己的。

表演《牛奶树下》时，我把握好台词节奏，力求表现真情实感，即使它们可能不是真的，毕竟我是一个操着假口音，努力扮演威尔士老船长的十四岁的伦敦人。对一个孩子来说，仅仅去体验情感已经很难了，更何况是在一个高度紧张、别人会对我品头论足的环境中——这次我得到了好评。即使是地位最高、穿粗花呢贵族范儿的、高高在上的女校长，也对我的演出大加赞赏。就是这个了：我平生第一次意识到我可能在某些方面很有天赋，这种感觉太醉人了，我决心长大后要当演员，要奋力实现这个抱负。

在学校接下来的演出中，我被选中饰演《仲夏夜之梦》中的狄米特律斯。我觉得本该由我出演的角色——仙王，强大的奥布朗——分给了希拉里，她的表演的确很出色。但整个排练期间我都闷闷不乐，很惭愧地说，整个演出过程中我也是如此。毫无疑问，未来的我就是个刁蛮公主。

在青春期，阅读小说一直让我对别人的生活充满神往，表演使我可以成为别人，这又让我生出想成为小说家的渴望，成为小说家，就可以体验不同生活了。

接下来的十年，一直到二十五六岁，我都在表演。我后来才意识到，写作时理解文字的方式与只默读甚至大声朗读时不同。进入剧中角色，排演时与其他演员互动，挖掘和呈现角色的真实情感和感受，这一过程如炼金术般奇妙。表演让你知道的自我和你成为的自我融为一体，并在情感上产生联结。大幕拉开时，表演场地的回响和情绪在观众和演员之间相互增强，这种共鸣令人振奋。

作为一名故事讲述者，我不断被吸引去理解和传达人的内心世界，进入我笔下人物的生活，就像我当演员时那样，用心感受他们。我喜欢小说的第一人称叙事，施展必要的腹语技巧，让人物活灵活现，这首先可以追溯到我当演员的时期，另外，除了写剧本，我也出演自己写的剧本。写作与表演艺术的结合丰富了我对小说人物可能性的理解，这种影响一直持续到今天。

此外，戏剧带给我对未来的激情、专注和方向感。年轻时我从来没有对自己成年后从事什么职业茫然无知过。循规蹈矩、僵化的校园文化令人努力也寻不到归属感，青年剧院为深感孤立的我们提供了一剂解药。

十五岁时，班里一个女生就普通证书考试[①]开展了一项社会学研究课题。她调研了班上的每一位女生，问她们是否愿意与"有色人种"家庭为邻。她兴高采烈地跑过来告诉我，75%的同学都回答不愿意。这个消息以及传达这个消息的人，我终生难忘。我们学校的女生都很有礼貌，绝不会对我进行公然的种族歧视，我在那里也交到了朋友，但这件事让我清楚意识到，种族主义情

[①] 普通证书考试（O-level），过去英格兰、威尔士对某科目的考试，低于高级证书考试A-Level，通常在16岁时参加。1988年被普通中等教育证书（GCSE）取代。

绪暗流涌动。如果不是这次调查，我永远不会如此肯定。从小我家就受到种族主义者公然的暴力攻击，这个调查提醒我，在大多数同学的眼里，有色人种不受欢迎。这是同龄人对我的集体拒绝。

然而，成年后的我明白，他们之所以这样，媒体难辞其咎。媒体对有色人种进行大肆的负面报道，尤其是种族歧视在1976年变为非法之前。埃尔瑟姆是一个白人社区；大多数女生要么平素交往的都是白人，要么认识的有色人种太少，无法形成自己的判断。

我清楚记得，在我十几岁时人们常常谈论黑人刻板印象的话题。只是因为他们私下了解我，他们告诉我说，我不一样，我和其他"有色人"不同。

※

大约在这个时候，我再次遭到拒绝，这次拒绝打乱了我的职业规划。英国国家青年剧院（NYT）是我做梦都想加入的地方，因为与我所在的青年剧院相比，它肯定好多了。七十年代末，我参加了一次试镜，没有成功，我笃定是他们搞错了，于是又去试了一次，结果再次落选。要不是当时要参加戏剧学院的面试，我还会再试。从此，我开始践行我的行事准则之一：倘若真想事业有成，永远不要放弃尝试，不管是希望被戏剧学院录取，还是找出版商出版书籍，是争取艺术资助，还是试图为我早期的书籍寻求更多关注。

我教我那些年轻学生，尤其是那些被出版商拒绝了一次就一蹶不振，决定搁笔的人，拒不接受 NO 这一答复。我给他们讲在拿到出版协议之前被数十次退稿的作家们的故事。

我认识几个因为创意写作的学位论文没拿到 A，就决定放弃写作梦想的学生。（我告诉他们，我的英国文学 A-level 成绩是 E。[①]）一个加勒比工人阶层出身的优秀少年被牛津大学拒之门外，很不高兴地屈从了第二志愿。其他人都对他的"败北"表示同情，我是唯一一个敦促他次年继续申请的人。我很高兴，他听从了我的建议，换了个专业，最后被录取，在牛津学得不错。

对于我们这些早年生活并不一帆风顺，学会了永不放弃的人来说，我们有责任引导年轻人。对于那些上过精英学校、背景了得，拥有进入顶尖学府、从事头部行业跳板的人来说，他们的行业内部信息对指导没有特权背景的年轻人来说非常宝贵。我喜欢指导年轻人，我也希望更多的人和我一样。

多年前我没有留意到的是，英国国家青年剧院一直是一个男性俱乐部（boy's club），他们只演出莎士比亚的戏剧或委托制作主要关于男性的新剧，鲜有女性被允许进入这个领域，有色人种女性更为罕见。国家青年剧院成立于 1956 年，1985 年才有了第一位女剧作家。无论我的表演能力如何，我的种族和性别都是加入其中的障碍，这与不久之后我申请戏剧学院时的情形一样。

---

① A-level，高级证书考试，分为 A、B、C、D、E、U 五个等级，A 为优秀，依次递减，E 为通过，U 为不合格。

这不是我的酸葡萄心理作祟；你可以把它看成所有梦想加入本国国家青年剧院，成为专业演员，却最终发现自己不够"优秀"的女孩们的苦叹。那些这么认为的女孩很可能从不了解更广阔的社会背景。

我只好在国家青年剧院所在的肖剧院（Shaw Theatre）大厅做暑期工，结交那些进入剧院的年轻人。我甚至还和国家青年剧院的两个"性感猛男"约会了几次。（我又犯了少女时代的老毛病。）咖啡馆是我距离成为剧院成员最近的地方，我被"餐饮业"雇用，显然这个工作很适合我。

我是多么钦佩和羡慕这些迷人的同龄人啊，他们可以在里面排练和演出，而我只能在他们结束后涌入大厅时端来茶水、奶酪卷、醋盐味炸薯片，还有玛氏巧克力棒。

*

为了实现我"女主计划"的下一步——申请戏剧学院，最后一学年我开始四处奔走。要想被录取，试演是必需的，包括独白、面试，有时还有小组表演。整个过程很伤脑筋，但试演者们往往能成为好朋友。我印象中没有谁会带着父母一同前来，所以今天，我所在的大学开放日当天甚至会有学生全家上阵，有时甚至祖孙三代，十分令人费解。我经历了三轮试演，全部遭到拒绝，但在被心仪的好大学录取之前，我是绝对不会放弃的。

在第一轮试演中，我被一所当时排名靠后的学校录取，有好心人建议我放弃。我进入第二轮试演，也就是一些我迫切想去的排名靠前的学校的候选名单，但最后没有成功。在中央演讲与戏剧学院（即今天的皇家中央演讲和戏剧学院）的一次难忘试演中，我被叫到一边，来人检查了我的牙齿和嘴，好像我是一匹马，一头牛，或者更糟，一个奴隶。我只能将其归因于我突出的下巴。可这与我的发音技能无关；我的嗓子很好，发音也没有问题。我记得自己当时心想一定是我有什么问题，而不是他们有问题。受到不公平对待时，有多少次我们会自责？当然了，与临时演员日常遭受的羞辱相比，我的这些经历算不上什么。对他们来说，因为长相被拒再平常不过了。

我花了很长时间才明白戏剧学院不愿意接收有色人种的原因。他们认为即便我们当了演员，也不会有什么工作机会，所以何必费心训练我们呢？他们是对的，但他们不仅不去挑战充满歧视的文化，反而成为同谋。他们倾向于招收传统意义上更有吸引力的人，招收更多男生而不是女生，只为"演技派"（character actor）保留一两个女生名额。天赋很重要，但假如演不了戏，天赋也就无足轻重了——这就是他们的共识，而这一切都与当时的文化和性别偏见有关。2009年，也就是在我申请被拒三十年后，演员兼作家米凯拉·科尔（Michaela Coel）开始就读伦敦市政厅戏剧学院（Guildhall School of Drama），她也是五年里首位黑人女学生。

所有申请戏剧学院的有色人种都会遭遇系统性的种族歧视。

不管他们天赋如何，进入这扇大门总是难上加难。需要特别说明的是，这些学校一直都很难进；有些学校每年只招收二十名学生，但一个名额会收到一百个人申请。

尽管如此，放眼看来，被拒可能是在我身上发生的最好的事情，因为它让我野心更大，决心更坚定。假如第一次试演我就顺利进入一所顶尖学府，我肯定会以为踏上职业生涯易如反掌，而对任何人来说，事实都绝非如此。

我最终拿到了四所学校的录取通知书，这可能意味着我表现出了很大潜力（事隔多年，我终于可以在这本书中炫耀一下了）。我选了罗斯布鲁弗学院，因为这所学校开设有社区戏剧艺术课程。作为一个有色人种，我想我更有可能在社区和另类剧场找到就业机会。

这是我这辈子做的最好的决定之一。

fīf（古英语）

márùn（约鲁巴语）

a cúig（爱尔兰语）

fünf（德语）

cinco（葡萄牙语）

*　　　　　　　　　五

诗歌,小说,诗体小说,融合小说

从孩提时期开始接触戏剧，到成年后跟戏剧打交道，我从未想过有一天会成为一名作家，但自 1994 我出版诗集《亚伯拉罕岛》(*Island of Abraham*)，作家就成了我的职业。本章，我打算谈谈我出书的复杂历程，以及持续写作需要的毅力。

虽然近年出现了大量的创意写作手册，里面有一切关于写作技巧和要素的建议和练习，但详尽阐明作家实际做法的仍然十分少见。写书过程千头万绪，这可能会让只看到精美成品的读者感到惊讶，他们通常对创作过程和需要付出的努力一无所知。

我二十多岁开始造访非洲，最初去了肯尼亚、埃及和马达加斯加，《亚伯拉罕岛》就取材于我对非洲历史的兴趣和我的非洲旅行。我把手稿投给了二十家出版社，只有菩提树一家接收了。到这本书出版时，里面的有些诗歌已经过去了十二年。我能感觉到自己的写作在这些年里有所长进，当年那些诗在风格、技巧和心理描摹上都过于简单，且无趣。

虽然此前我就写过几个剧本，但在出版《亚伯拉罕岛》以前，我并不认为自己是个作家；即便书出版后，我也不太愿意这么宣称。如果我自称作家，就会遭到人们的质疑："你出版过什么东西吗？"或者"你有没有写过什么东西，我可能读过？"——后一种问法更礼貌，试图弄清楚我是否真的出版过什么。对此，我总是恨不得这样回应："我他妈的怎么知道你读过什么？"

假如我说我是一名教师，他们不会问我有没有教过学生。假如我说我是一名清洁工，他们不会想看看我的拖把。假如我是一名中产白人男性，他们也不会质疑我职业的真实性。

很多年，我从不在履历中提《亚伯拉罕岛》，因为我不希望读者从这部作品读起。直到1997年我的第二本书，一部虚构了我的家族史和我自己早年生活的半自传诗体小说《劳拉》出版，我才对自己会成为更有趣、更富创意的作家有了底气，我也找到了自己作为作家的幽默感。

我写《劳拉》的初衷是想把自己从诗歌中抽离出来，转向小说创作，我还想讲述父母尼日利亚-英国的跨种族婚姻受阻的故事。小说容量大，这种文学形式最合适不过了。当时英国几乎不存在这类题材的小说，至少没有非洲-英国这一视角的作品。我想把我父母的故事留在小说版图上。

这本书的草稿我最先采用的是散文形式。尽管我从没写过散文体小说，对自己能否完成并没有把握，但我并未被吓倒，把父母的故事书写出来的冲动太强烈了。三年后，我有了一份未完成的手稿，用打字机打了足足两百页，但乱七八糟，一塌糊涂。我对叙事结构一无所知，此前给我的写作注入活力与激情的诗歌精神已经消失。从诗歌过渡到散文，我的语言变得毫无生气。我痛苦地承认，读自己写的东西没有给我带来快乐，也不会给其他人带来快乐。我仍然想讲述这个故事，但无从下手。

三年后，我参加了阿尔文基金会在乡下举办的作家驻地集训。我本不打算去上任何课，只想偷偷把那里当作一个安心写作之所。但组织者不允许这么操作，所以我还得去参加工作坊。一次，我写了首诗作为写作练习的作业，这是我三年多来创作的第一首诗，它立刻重新点燃了我对语言的热爱。我知道该怎么做了。回到伦敦后，我把《劳拉》的初稿扔进了垃圾桶，让它彻底消失，并开始用诗歌体重写这个故事。丢弃手稿对我来说是一个必要的象征性动作，为的是从头开始，尽管我多希望自己当时没那么做。我喜欢把写的一切东西存档。

解决问题是创作中不可或缺的一部分。创作《劳拉》让我意识到，我一直在努力以一种违背我诗歌本能的风格写作。我花了三年时间才发现问题所在，并找到了解决办法。接下来的两年里，我用诗歌重写了这个故事，重燃了讲述它的激情。万事开头难；每一周我都会花一半时间枯坐在书桌前，盯着面前的白纸，直到想出新一页开头的第一句诗，新诗的开篇第一行。一旦开了头，其他就如水之就下，沛然起来。

《劳拉》是我住在布洛克利的公寓时写的，从我写作的那间卧室可以俯瞰整个伦敦南部。我对那里的景色记忆深刻，因为那时我花了很多时间望向窗外,同时搜肠刮肚寻找合适的词语讲述一个由来自不同国家和时代的多个主人公组成的故事。我干兼职,挣得很少,几乎没有应酬。交往的男人通常在夜晚来去,所以我几乎不会分心。那是一段非常孤独的时期。

每首诗我都是先在纸上改好几遍,然后传到电脑上,把修改稿打印出来,在纸稿上修改,然后再把改过的内容重新录入。这个过程可能多达四十次。再读这首诗时,假如它毫不费力地说出了我想传达的话,而我不想改动一个字,甚至一个标点符号,我就知道这首诗大功告成了。

我现在与刚开始写诗时大相径庭。那时,初稿就是终稿,只字不改,如果有人提出修改意见,我会备受打击。很快,我就意识到,大多数时候写作实际上就是重写,你在纸上的乱涂乱画就是原材料,你可能会运用那些原材料,然后把它们雕琢成有价值的内容。我们作家终其一生都在学习如何使用语言,准确表达我们内心所想。即使写这本书时,我仍在不断调整词汇,重组句子,以让它准确传达我的意旨。

《劳拉》动笔六个月后,我在风格把握和内容驾驭上逐渐进入状态,我的写作速度也从最初的每周一页到每周好几页;用诗歌体重写了两年后,小说终于完成,前后共花了五年时间。我做到了。

文学体裁不仅仅是外在的标签,它们还是技巧、手法、结构,辅以传达文字背后的思想。诗歌的简洁、凝练和意象化让《劳拉》

的故事不仅仅局限于我父母的婚姻。调研使我了解了父母的祖辈，窥见整整七代人的生活，包括我自己的童年。多年前，我给尼日利亚失散多年的亲人去了一封信，信中我问及父亲的家人和其他亲戚的状况，从某种意义上说，这部作品是对那封信的回应。

改用小体量的诗歌架构故事后，小说变得更容易驾驭，不像鸿篇巨制的散文体，令人望而却步，不知所措，写着写着就会彻底迷失。

到了最后的校订环节，我将书稿一页一页铺在客厅地板上，整理出了一个年表。

我从不后悔为彻底弃之不用的第一稿花了三年时间，因为我不是这么看的——当时不这么看，将来也不会。创作对我来说是一次不断试错的实验，一次探索未知世界的旅程，创作会发现新大陆。

※

写《劳拉》时我形成了一种习惯，那就是书籍定稿前我会进行大刀阔斧的修改，有时甚至多达五次，这个习惯我一直保持到今天。通常我写一本书会用上数年，定稿前从不给任何人看，我想在别人给出意见之前先了解自己的看法。

一开始，我觉得《劳拉》是一首叙事诗，直到安吉拉皇家出版社出版之际，我们一起讨论营销方案的时候才改变了想法。我们决定将这本书归为诗体小说，这样它就可以出现在书店更受欢迎的小说区了。（关于诗体小说没有硬性规定；每个人对这一文体都有自己的见解。）

1997年，这本书出版，我以为大功已经告成——尘埃落定，我彻底完成了自己的使命，没想到几年后出版它的小型出版社倒闭，这本书绝版了。我那势不可当的基因又发挥了作用，我为它找了一个新家——我一直很欣赏的血斧出版社。为了向读者重新推出这本书，赋予其新的元素，我主动提出将更多的家族历史，即我的德国和爱尔兰祖辈囊括进来，写第一稿的时候因为我对黑人血统更感兴趣而忽略了他们。

我还修改了诗歌的具体形式，将长达整页的大段诗歌分解为可读性更强的两行诗节。2009年，这本书以新的面貌重新出版，获得了新生。但它并没有完结。说不定有一天我还会在里面加入新的家族叙事。

※

开始写《劳拉》时，我没有想到它会成为我人生的转折点和心态转变的催化剂。可笑的是，我不愿把我的白人家庭成员写进小说。现在想想似乎很是荒谬，那时我将主要精力放在塑造非洲血统的人物角色上，对能否恰如其分地处理白人，甚至包括以我母亲和外婆为原型的人物，并没有信心。我继续下笔才克服了这个问题。继续向前永远是最佳解决之道。我之前预想的挑战也毫无根由。我不仅对这两位白人女性非常了解，而且小说家本就深谙笔下人物的内心，不管这个角色的外在如何。唯一的障碍来自我内心深处愚蠢、狭隘的思维观念。

我写《劳拉》时的调研得到了我父母的帮助。除了他们新婚之夜的性爱场景，母亲就我小说中对她的刻画很是满意。"你知道什么？"她反问我。"但这是小说。"我反驳道。父亲对此骄傲极了，拿着《劳拉》到处炫耀，好像他读过一样，但他从不看书。我的一个兄弟考了考他，他一个问题都没答对。

写《劳拉》的过程对我来说是顿悟。外婆反对父母的婚姻，联系了外婆儿时的成长背景，我渐渐理解了她反对的理由。作家的职责就是要挖掘人物身上的立体性和复杂性。我开始同情起外婆来，尽管她和她的家人给我的父亲造成了永远无法愈合的创伤，给我们全家带来了心灵上的创痛。我们长大后才知道，一些本应与我们关系最亲的人因为不接受我们，甚至跟我们彻底断绝了关系。这本书的写作帮我理解了个中缘由。于我而言，写书的过程并不是心理疗愈，但调研过程——凝思审视、人物塑造——却是情感的宣泄。

我还发现，通过想象我的祖辈如何生活、如何爱，通过想象他们的想法和感受，我与他们产生了联结。写下他们的故事拉近了我和家族过往之间的距离。当你穿越时空回到十九世纪，一百年似乎并不那么遥远。对祖辈的好奇由来已久，但对他们所有人都感同身受是我后来才开始的，尤其是我的外高祖母简·布林克沃思，她生了八个孩子，失去了六个。

《劳拉》是我自己家庭的起源故事：一个移民家庭跨越各种鸿沟，追寻爱与归属，在偏执、贫穷和逆境面前顽强挣扎、不屈向上的故事。自古以来，努力融入新国家，被新国家接受，开创新生活，就是移民们的集体记忆，同时刻入骨髓的还有他们被固化的负面刻板印象。《劳拉》是我的致敬之作，不仅向我的家族历史致敬，向英国多元文化致敬，同时也向全球文化交融的现实中，人类渴望美好生活的非凡力量致敬。

写这本书的那些年，我与它一起生活，一起学习，等它变成诗歌，我爱上了它，我发现了如何自我激励，如何永不放弃创作实践，如何相信自己可以成为一名作家，以及如何找到讲述内心涌现故事的最佳方式。只有我摒弃传统，这本书才能成为独特的存在。从那时起，我的大部分作品都变成了起初是一种体裁，最终却成了另一种体裁。我不知道其他作家是否也和我一样；很可能每个人都不相同。有时我很羡慕那些从始至终一直用散文体写作的作家，他们不用丢弃整部手稿，也不用彻底更换形式重写故事。

在《劳拉》结尾，混血儿主人公劳拉在一次寻根之旅的最后沿亚马孙河漂流，寻找自我，那个时候她感觉到了内心的平静："我看着丛林将我填满，当船划过／融化的巧克力，它的呜呜与我的心跳同步。／我们进入孤独。我挣脱了／城市的喧嚣，没有拘束，河流令我平静。／我成了我的父母，我的祖先，我的神明。"

这是一个来之不易的自我接纳的时刻。劳拉就是我自己，借书写她的故事，我淘洗了我身上的祖先成分，对自己的混血儿身份有了更深的理解——我不是被割裂的，而是一个融汇完整的人。这本书的写作帮我立足于自己的传统，帮我接受内在的多元自我，坚定自我身份。

*

开始写《皇帝的宝贝》（*The Emperor's Babe*，2001）时，我已经从伦敦南部的布洛克利和布里克斯顿搬到了伦敦西部的诺丁山。感情方面，和"神话英雄"的恋情已成为过往，和我在一起的是一个美国人。他假装读过我所有的书，但每次我去他曼哈顿的凌乱住所都会看到，我的书和杂物一起丢在地上，书脊完好，书根本就没有翻开过。我并不介意他对我的作品不感兴趣，但很介意他撒谎。

我原本打算写的是另一部小说，但因为写得实在太糟，我已经忘了它是关于什么的了，尽管我还保留着手稿，想让自己再受一次精神伤害的话还可以看。《皇帝的宝贝》以一串诗开启，讲述了一千八百年前罗马统治时期的伦敦，一个努比亚女孩的成长故事。开篇的诗歌是我在伦敦博物馆作家驻留项目期间写的。我把这些诗作交给了现在的编辑兼出版人西蒙·普罗瑟（Simon Prosser），我告诉他，我想把这个故事扩展成一部小说，西蒙答应了，我拿到了一份出版合同。很快，它就充盈成了一部两百五十页的诗体小说，整个写作过程极其愉快。小说中，主人公祖蕾卡嫁给了一位富有的罗马人费利克斯，不堪忍受婚姻痛苦的她，爱上了罗马皇帝塞维鲁。这个罗马皇帝是历史中真实存在的人物，来自大莱普提斯，也就是今天的利比亚。

我的每部作品都有多个落脚点。沉迷历史是其一，对黑人和多元文化社会的兴趣是其二。我第一次接触到英国不为人知的非洲历史是在彼得·弗莱尔(Peter Fryer)的《抑制权力：英国黑人的历史》(*Staying Power: The History of Black People in Britain*,1984) 一书中。该书开篇第一句话是："在英国人到来之前，不列颠就有非洲人了。"这句话当指公元211年，一支来自北非的摩尔人军团作为罗马军队的一部分驻守在苏格兰附近的哈德良长城。我从小就被灌输，说英国二十世纪之前都是一个白人国家，这本书不啻朝我扔了一枚炸弹。它还发掘了十六世纪以来英国黑人的历史，证明黑人在英国一直存在。我又按图索骥，读了更早期的 J.A. 罗杰斯（J. A. Rogers）、伊万·范·塞蒂玛（Ivan Van Sertima）和爱德华·斯科比（Edward Scobie），他们从各自的角度考察了黑人历史的隐秘叙事。身为一个年轻女性，阅读这些书让我感觉自己成了英国乃至欧洲统一体的一部分。拥有非洲血统的人不是后来者，他们是欧洲大陆根基不可或缺的组成部分。我被这段历史深深吸引，想写点什么但又不知从何下手，直到开始写《皇帝的宝贝》。

小说妄想直接挑战英国历史的单一文化迷思，我试图在故事中设置一个语言多元化的社会，以某种方式呼应英语这种语言的"大杂烩"来源。书中的主叙事语言是标准英语,但里面的人物也说拉丁语、苏格兰－拉丁语混杂语、美式英语、伦敦押韵俚语和新词新语。小说开头,祖蕾卡向我们介绍她跟菲利克斯不幸的婚姻生活,她说:"然后我被送到一个傲慢的罗马婊子那里上礼仪课,／学习如何说话、吃饭和放屁,／如何搞清拉丁语第一类动词变位,并放弃／我的第二代平民混血身份。／祖蕾卡要大度包容。／祖蕾卡要精致优雅。／祖蕾卡要贤惠乖巧。／但我梦想创造马赛克／用明亮的石头和玻璃重建我的城市。／但是不！不行！这不被允许。"

这本充满戏谑的书时代错置,时间错位,历史和当下在平行宇宙中杂糅,所以虽然小说的故事背景设在近两千年前,却给人一种非常现代之感。我希望它能给人以近在咫尺、活力新鲜之感,仿佛我书里的人物今天还活在世上。

比起语法完美或优雅平实的句子,我对有趣的句子更有兴致,而《皇帝的宝贝》是我在语言上最叛逆、最颠覆的作品。

✱

在伦敦博物馆驻留期间,我告诉一些策展人,我正在写一个生活在罗马时期的伦敦黑人女孩的故事。他们否决了这个想法,说没有任何考古学上的证据。我争辩道,罗马帝国疆域绵延数千公里,连北非都囊括在内,而且罗马城邦内有多个种族,罗马人还以其道路闻名,英格兰北部也有非洲士兵,为什么古伦敦就不能有黑人呢？

当时的博物馆邀请演员扮演历史人物，引导人们参观展厅。《皇帝的宝贝》出版并广受好评后不久，他们引入了一个黑人角色，一位富有的罗马商人的妻子。这就是效果！

最终，我的创造力和想象力得到了考古学上的验证：对古人类遗骸进行的更复杂的 DNA 分析显示，两千年前，在罗马统治时期的伦敦，的确有非洲人存在。最近科学证实，一百多年前在萨默塞特挖掘出来的切达人（其骨骸距今有一万年），是深色皮肤、黑卷发。（我就说嘛。）

*

我在诺丁山公寓开始写我的下一部小说《灵魂旅人》（*Soul Tourists*，2005），后来我被十九岁的"男魔头"赶了出来，之后在基尔伯恩写完，中间辗转过几处地方。

这部小说以一次穿越欧洲的汽车旅行为中心，主角是一对不般配的异性恋人，书中欧洲历史上的有色人种幽灵在男人的生活中显现，彻底改变了他的生活。我试图通过古往今来在此生活和旅行过的人的视角来审视欧洲历史，重新想象这片大陆，想象这个与非洲极为相像的、几千年来跨种族和跨文化交融的地理场域。

我笔下那些幽灵般的人物，从汉尼拔到玛丽·西克尔[①]，从

[①]玛丽·西克尔（Mary Seacole，1805—1881），黑白混血，牙买加出生的英国护士，曾自费前往克里米亚战争现场，护理英国士兵，治愈了许多士兵的伤病。尽管西克尔当时受到不公正对待，但其贡献被后人认可，在英国被誉为"黑人护士之母"。

亚历山德罗·德·美第奇到亚历山大·普希金，从莎士比亚十四行诗中的黑夫人到乔治三世爱幻想的妻子夏洛特王后，无论他们是真实的还是虚构的，都从欧洲历史的迷雾中浮现出来。这些幽灵在故事中时隐时现，这对恋人的关系也在旅途中破裂。

按照出版合同，《灵魂旅人》的初稿是用散文体写成的，然而显而易见，我对语言的运用再一次沉闷到毫无生气，小说结构也松散至极。这一次，我没用三年就意识到了问题所在，可我不知从何入手，可能也无法解决，但好心的西蒙没有放弃这本书，也没有放弃我。

我在第二稿中加入了一些诗歌，西蒙很喜欢，他鼓励我放手去试。之后我把这个故事变成了我所说的"融合了诗句的小说"，涵盖了散文体小说、散文诗、诗歌、影视脚本和一些非文学手法，比如通过两笔预算来描述一段关系的结束。在此过程中，我把手稿从九万字缩减至五万字。和《劳拉》一样，我彻底弃用原始文稿。这本书前后花了四年。（对于学生们抗议我要他们重写自己一夜之间匆匆写就的两千字短篇，我只能付之一笑。）

※

就评论界的反响和读者的评价而言，《灵魂旅人》是我所有小说中最不成功的一部，但它也是我在形式上最创新的一部。说实话，虽然我确实喜欢其中几个部分，但我不确定它们合在一起是否连贯。这是一次野心勃勃的实验：妄图以一对现代恋人为棱镜折射欧洲历史上的多个人物，使叙述陷于冗杂；碎片化的形式要求读者在不同的文体之间不断切换，进一步增加了小说的复杂程度。这种讲述故事的形式可能阻碍了故事的推进，幽灵总是在最意想不到的时候出现，核心人物没有了喘息的空间，也打断了这对恋人关系的动态发展。

我不确定读者有没有跟这本书建立情感联结。我也不确定自己有没有跟它产生联结。

✻

然后，我终于写了一本一行诗也没有的散文体小说《金发根》（*Blonde Roots*, 2008），尽管一开始的计划并非如此。真是个惊喜！

我原本想写一个跨大西洋奴隶贸易的故事，但我想用不同的方式处理这段历史，使之陌生化，提供一个看待它的全新视角。这场奴隶贸易曾延续了四百多年，摧毁了数百万人的生活，它的遗毒至今依然存在。我的祖辈就与奴隶制有关，但即便没有关联，奴隶制也是我们着迷的母题之一，作为对人类犯下的可怕罪行，它具有普适性。

我的首要任务是摆脱奴隶制相关的故事套路。最开始，我花了几个月时间研究这段历史，但仍然不知道如何下手，直到《卫报》委托我写一个短篇小说，答案就这么来了——我决定把它作为小说的第一章，但结构是短篇小说的结构。在截稿日的压力下，我的大脑别无选择，只能超高速运转，笔耕不辍。这招奏效了，小说成型了。

《金发根》虚构了一个非洲人奴役欧洲人的高概念[①]替代宇宙，通过它我调转了文明和野蛮的历史概念。我只对冒险感兴趣。在这个故事中，我决定通过一个叫多丽丝的英国白人女性的故事来揭示跨大西洋奴隶贸易。在小说中，多丽丝被非洲人（书中的安博萨人）奴役，并被带到大安博萨联合王国的首都朗多罗。在那里，因为当地发不出"多丽丝"这个音，她被奴隶主改名为Omorenomwara，此后在加勒比海的西日本群岛落脚。小说讲述的就是她被奴役以及试图摆脱奴役的故事。

从根本上说，我的反转策略不仅揭露了奴隶贸易的恐怖，也揭露了为其辩护的意识形态——种族主义的本质，同时带领读者进行了一场不可预知的道德和情感之旅。虽然小说的主题基调是悲剧性的，但其意在讽刺。

这是一部散文体小说，但最初作为短篇小说呈现时，我采用了诗歌的形式。不过这一次是有意为之，我想把它作为控制和加强语言运用能力的手段。因为我知道，一旦进入叙事，我就会去掉诗歌形式。这一诡计是为了欺骗我的大脑，让它看到写在纸上的是熟悉的诗歌，以抵消我那强烈的、感觉自己正在写一本可能注定又要扔进垃圾箱的糟糕小说的挫败感。令人欣慰的是，这个方法奏效了，我找到了突破口。很快，我就重新调整文本，将其

[①] 电影行业广泛使用的概念，形容一部作品或者一个故事的概念简单明了，易于理解，同时也非常容易被推销和宣传，具有很强的商业潜力和市场吸引力。

余部分写成了散文体，尽管使用的仍然是精确简洁的诗歌语言。虽然我不觉得这本书是诗体小说，但与更传统的小说相比，它肯定更富诗意。

最后，我终于完稿了。此时距离我第一次尝试写散文小说已经过去了十二年。这部小说的风格忠实于我的声音，或者更确切地说，忠实于带领读者进入其不幸生活的多丽丝充满讥讽的第一人称叙述。

*

我的中篇小说《你好妈妈》（*Hello Mum*）是我写过的最直白的书——从头到尾都是散文体，总共写完花了三个多星期。"快速阅读系列"的受众是不常读小说的人，受此系列的委托，我只能使用简单的语言，这个限制起初令人发怵。

我决定借用一位儿童叙述者的视角，于是创造了一个十四岁的男孩JJ，他住在伦敦一处住宅区，麻烦不断。这是我探索英国男孩生活的一次尝试，这些男孩卷入帮派地盘之争，在街道上互相残杀；这些男孩遭到媒体诋毁和病态歪曲，在社会中几近失语。为了调研，我去采访了他们，他们告诉我他们别无他选，只能加入控制所在住宅区的帮派。他们如同被囚禁在所在区的邮政编码里，对他们来说，离开伦敦比穿行伦敦更容易，因为稍不经意就会进入另一派的地盘，陷入危险之中。

我们的城市中，群体不同，体验也完全不在一个同温层：有些人享有众多特权，却没有意识到自己是多么幸运；有些人始终被视为次等阶层。与这些平日生活就危险重重的孩子相比，我太幸运了。

我之所以写JJ，就是要把常被妖魔化的人当人对待。我很少会深深爱上我笔下的人物（我太了解他们了），但我觉得JJ非常可爱。与所有小说角色一样，他必须是一个生活在一个不完美世界里的不完美的人——他就是一个没做好准备就想成为大人的男孩。这部中篇小说采用JJ给母亲写信的书信体形式。在回顾母子间的一次剧烈争吵时，他对母亲说："你总是让我很有压力。你比世上任何人都更让我恼火。你的抱怨毁了我的生活。我多想快快长大，按我自己的方式活着。"

这本书出版后，我去了少年犯收容所进行巡回活动，接下来发生的一切像梦一样：我，一个中年妇女，用JJ的语气将这本书读给和他差不多大的青少年听。我欣慰地发现，我得到了听众的认可，他们告诉我JJ这个人物很真实，他们在JJ身上找到了自己，以至于他们会在离开大厅时把书塞到灰色运动裤后面，试图偷走，结果被警卫抓住。警卫可没有那么好骗。

每当有人告诉我《你好妈妈》是我最好的作品时，我都会忍不住想：可我写它才用了三周！

✳

《洛夫曼先生》（*Mr Loverman*，2013）是我的下一本书，尽管它不在我原本的计划内。几年来,我一直在写一个十九世纪七十年代尼日利亚水手到康沃尔锡矿工作的故事。像往常一样,在本该放弃时,我没有。我落入了传统第三人称散文的写作陷阱,我本不该那么笨的。我喜欢写,但我的尼日利亚水手,我小说成功的关键,从来没有在纸上活灵活现过。我不断尝试在第一人称和第三人称、过去时和现在时之间切换,企图让故事生动起来,但这些技巧的介入没能掩盖故事缺乏真情实感的事实。我是小说主人公的创造者,赋予他生命,同时我也是他生活的冷静观察者。我对他没有投入真情,我也不知从何调整。把手稿搁置了几天后,我一点都不盼着重启继续,这个信号很明确:我该放弃了。但我还是咬着牙,总共写了四万字——因为我发现了巴灵顿,《洛夫曼先生》的主人公。他紧紧抓住了我不放。后来,我重写了这个尼日利亚人在康沃尔的故事,把它变成了一篇六千字的短篇《行走的约鲁巴人》(*Yoruba Man Walking*),选入文集。

我经常说我笔下的角色都是自己写就的。先是我脑海中迸出一个灵感的火花,经由写作这个动作,人物变得有血有肉起来。巴灵顿就是一个完美的例子。我感觉是他在写自己,创造出了自己,然后继续为我书写他的故事。

事情是这样开始的。我原本是阿尔文基金会聘请的小说讲师,为有志于写作的人进行驻校课程指导,后来,我自己以学生的身份参加了由剧作家讲师丽贝卡·伦凯维茨(Rebecca Lenkiewicz)牵头的工作坊。我的身份一直是老师,不是学生,所以这个经历于我十分新鲜,我很是兴奋。在丽贝卡给我们布置的一项写作练习中,她在桌上放了很多旧护照的照片,要我们从中挑选一张,然后想象照片上的人站在一面全身镜前脱掉衣服的情景。他们脱衣服时,我们要用他们的口吻写下他们眼中所看到的。我选了一位老人的照片,他头戴软毡帽,看上去像加勒比来的。在我开始下笔的那一刻,巴灵顿,一个来自安提瓜、七十四岁的伦敦人、未出柜的同性恋者,与他信教非常虔诚的妻子卡梅尔结婚五十年,跟他最好的朋友莫里斯相爱六十年——开始和我交谈,一刻也不肯停下。回到家后,我继续写下去,看看自己这次是不是对了。真的对了。我飞快写完了这部小说。整个过程很是轻松,很是愉悦。或许写书并没有我之前以为的那么复杂。

只是,事情哪有这么简单。当然没这么简单。这部小说有了第二稿。

因为巴灵顿是叙述者,读者只从他的角度体验他不正常的婚姻,这对他的妻子来说是一种伤害。哈米什·汉密尔顿出版社的编辑们向我指出了这一点,我自己本该意识到的,但可能我当时被巴灵顿的魅力所折服,考虑得不够周全。我决定再从卡梅尔的角度写新的章节,并将它们拼接到现有的叙述中。

加入卡梅尔的章节为他们的婚姻提供了一个全新视角,一个与她丈夫相抗衡的视角。这部分我决定不以第一人称,她必须用比巴灵顿更响亮、更有魅力的声音抗争。我采用第二人称,用散文诗形式,这些为《女孩,女人,其他》这部融合小说奠定了基础。

这部小说就这么从第一人称叙述的简单结构转变为平行叙事，巴灵顿的欺骗不仅影响了自己的生活，更影响了他的妻子，她与一个自认为了解的男人共同生活了半个世纪之久，但事实上她并不了解他。这重意韵就这么出来了。

这里我想谈谈反馈意见。收到编辑意见，根据编辑意见完善写作，对提高我的写作技巧至关重要，即使听别人说哪个地方不行令人难以接受。作为作家，我们可能离文本太近，会看不清写的内容，除非只为自己而写，我们需要别人对我们的创作进行批判性评价，提供建设性意见。有时一部花费数年时间在无人反馈的情况下敲定的小说甚至可能需要重写。我们的目标是使作品达到最佳状态，创作者很难客观评价自己的作品，也许完全不可能。我为不同的书找过不同的读者，热心的读者朋友会给出非常诚实的反馈，其他作家能准确发现并指出哪些地方需要修改。当然，有时他们也会弄错。《女孩，女人，其他》的一个令人尊敬的读者认为我应该保留三个角色，放弃其他角色，可这部小说花费了我数年时间，人物角色的多样性正是其长处。要是再年轻些，我可能会自我怀疑，但我已不是最初那个刚入行的我。最终，我没有听从她的建议。

西蒙·普罗瑟和他的团队与我密切合作，总共出版了我七部作品，我很重视这些编辑的意见。幸运的是，他们的反馈总是与我的写作目标和野心步调一致。

最初收到需要大量修改的批评性意见时，我很不高兴，虽然我从不表现出来。我不想看到手稿躺在抽屉里嘲笑我面前的任务多么艰巨。一旦开始重写，看到作品有所改善，我还是很欣慰这些缺陷在出版前被人发现。慢慢地，我变得越来越强大，对编辑的意见也越来越乐于接受。我之所以能成为今天这样的作家，离不开我与编辑团队的合作，他们从不将就，只接受我最好的作品。

※

有了之前的这些曲折，我的小说《女孩，女人，其他》以完全不同的文学形式诞生，就毫不奇怪了。2013年，在迪伦·托马斯一百周年诞辰之际，我受BBC第三广播电台委托，写一篇以迪伦·托马斯的《牛奶树下》(*Under Milk Wood*)为灵感的短篇小说——这个项目太适合我了。然而，我没有按照要求的体裁写，而是写了一首叙事诗，诗中我刻画了伦敦四个截然不同的黑人女性，其中一名是跨性别人士。我给这首诗歌起名为"伦敦天堂爵士合唱团"，并在威尔士的一个节日现场进行了录制。动手写这个作品的时候我就知道，未来我会把它扩充成一部小说。就像迪伦·托马斯对威尔士渔村的居民致敬一样，我决定向英国黑人女性致敬，她们在小说中几乎得不到关注。

广播作品中只有卡洛尔这个角色保留了下来，后来她成了我那年开始着手写的《女孩，女人，其他》的主角之一。小说描绘了十二个人物的生活：十一位女性和一位非二元性别人士，涵盖不同的年龄、时代、文化、阶级、性向、性别、种族、职业、抱负、政治理念、移民经历、家庭结构、亲密关系、地理环境和原籍国等多个方面，时间跨度一百二十多年。

这些人物的生活和故事通过我自创的"融合小说体"（fusion fiction）相互联系起来，纸面上采用了一种更倾向于诗歌的形式和非正统的标点符号，同时将这些女性的故事融合在一起。每位女性辟有一个专门的章节，她们彼此独立，又相互关联。四对母女的故事是主线，家人、朋友、恋人与同事之间的关系是支线。

我喜欢这种写作形式，因为它允许我自由流动——从内到外，从过去到现在，从一个角色到另一个角色。虽然文字在纸上流动，但这与自由写作或未经训练的写作不同。我十分留意小说的所有部分，它们需要时时处于待命状态，这样故事才能顺利推进。同时，这部小说还必须能被普通读者接受，我不希望我的作品只能吸引那些拿到实验性小说博士学位的人。幸运的是，人们一旦看完了前几页，熟悉了我对故事的呈现方式——诗体小说或融合小说——他们就会发现这些故事可读性很强。

我记得，人们还告诉过我，摒弃传统的标点符号可以改变阅读体验，让人更快地沉浸其中。一位有阅读障碍的读者告诉我，因为阅读过程中少了传统标点符号的羁绊，她很快就读完了它。

※

年轻时的我不可能写出这样的作品，因为那时我只对塑造年轻角色感兴趣。我的学生们创造出弯腰拄拐、年老体衰的人物，然后告诉我这些人四十多岁时，总是让人忍俊不禁。我年轻时也这样。

现在我年岁见长，听到了很多，目睹了很多，经历了很多，尤其是在与黑人女性的互动和关系方面——如此，这本书的完成才成为可能。写完这本书时我六十岁，已经度过了漫长的岁月，往昔岁月稠密，来日并不方长。

在《女孩，女人，其他》中，上了年纪的女性不管多大，她们的生活都多彩且充实。我决定让笔下的老年女性神智健全，而不是患上时下老生常谈的痴呆。很早之前我就发现，年长的女性作家也倾向于刻画年轻的主角，似乎上了年纪的女性作为小说题材不再有趣，而实际上我们积累了更多智慧、经验和故事。我们生活在一个恐老的社会，这个社会并没有足够进步，太多年轻女性时时刻刻都在害怕老去。

在我年满四十岁时，一个朋友送给我一张俗气的陶瓷贺卡，上面刻着数字四十，就好像我乐意把它放在我家壁炉架上，提醒我永远不要忘记这个了不起的年龄似的。过了四十五岁，我意识到自己正在以五十岁为节点进行倒数，那种感觉糟糕极了。进入知天命的岁数，我开始改变消极心态，既然衰老不可避免，只能去学着接受它。

《女孩，女人，其他》中的人物年龄从十九岁到九十三岁不等，我后来意识到自己在本书相关的采访中谈了很多年龄相关的问题。谈论衰老，让我不再忌讳衰老；谈论衰老，让我感觉衰老远离了我的身体。我很乐意让人知道我的年龄，我也必不会为此羞耻。我希望为那些一到二十五岁就对未来担忧的年轻女性，以及在社会各个阶层都被边缘化的老年女性树立榜样。随着我们步入老年，我们必须更关爱自己。当然，什么时候开始都不晚。

※

《女孩，女人，其他》本质上是一部复调小说，是为英国黑人女性和非二元性别人士谱写的一曲颂歌，所有人都不完美，每个人都很复杂。假如让我从自己的书中挑出一本送给年轻时的自己，我会选它。希望她能从中学到很多。

※

获得布克奖对我来说是一次改变人生的经历，尤其得奖理由还是它歌颂了黑人女性生活。颁奖典礼在伦敦市政厅的哥特大厅举行，大厅就建在罗马圆形剧场遗址上，自1440年以来就是现在的模样。坐在那个大厅里，就是在与两千年的英国历史交融。

评委为2019的布克奖选出了两位获奖者：一个是写了《使女的故事》和续作《证言》的玛格丽特·阿特伍德，另一个是我。

我永远不会忘记评委会主席宣布获奖人选时我的兴奋劲儿。阿特伍德和我在舞台的台阶上相遇，我们拥抱彼此——两个女人、两个种族、两个国家、两代人，人类的两个成员——然后我们在欢呼声中携手登上了舞台。对于文学，对于姐妹情谊，这是一个里程碑式的时刻。

✱

写作绝不仅仅是技巧练习。过去，当我让笔下的角色遭受苦难，或让他们想起过去的伤痛，或忆起他们失去的亲人时，我会陪着他们一起落泪。写《劳拉》时，我记得自己在地板上晃来晃去，试图想象我的巴西奴隶祖先的生活。我的角色受苦时，我也跟他们一起受苦。我喜欢的一个角色死了，我会哭。我感受他们的恐惧，也感受他们的快乐。今天，写作对我来说仍然是一种体验，虽然已不再那么强烈，也不再那么有戏剧性。谢天谢地。

写小说需要毅力和势不可当的内驱力，尤其是你不确定大方向是否正确，不得不重新开始时。你把每一分钟、每一小时、每一天、每一周、每一个月、每一年都花在手稿的精心打磨上，你希望它能实现你的抱负，这需要巨大的付出。有的小说家创作速度很快，但对我们更多的人来说，写作过程要复杂得多，尽管不无乐趣。每当有作家抱怨写作令人痛苦时，我就想知道那他们为何选择写作。我们创作当然是因为它非常值得。

我骨子里乐于尝试，喜欢与众不同，从我十几岁决定彻底扭转自己边缘人境遇的那一刻始，一直如此。这不是我出于肤浅或虚假之种种强加给写作的东西。我的创作就是要大胆创新，探索未知，将平凡化为不凡。我写作，是因为我有讲故事的冲动，即使我不知道故事最终会成为什么样子，也不知道写完后读者会有何启发。

因此，我的小说创作始于一个想法，然后用故事，用讲述故事来传达这个想法。在这一过程中我不会过于理性，因为理性往往会妨碍写作的推进。随着作品收尾，它的主题才得以水落石出，在那之前，我需要把所写放回语境之中。只有这样，我才有足够的心力和闲暇去认真阐述文字之下的主题暗流。新书巡回签售时，多数作家会不可避免地谈论他们的作品，我们最好自己尝试设定好讨论框架。假如我们就这一话题进行了广泛阅读，知道自己创作了不一样的内容，那我们就需要掌握主动，表达清晰。

然而，我们的书本身就是作为艺术作品而存在，一旦出版，它们就成了独立于作者的东西。读者、评论家和研究者对于最切合我们作品的文学流派认知水平各不相同，主张、阅读期待和个人品位也不一样，他们会给出自己的总结、阐释、分析和回应，从而拓展甚至改变作品的意涵。当然，有时候他们也会只读了你一本书就大加评论，甚至连基本的事实都没有搞清楚。记得一家主流报纸刊登了一篇《洛夫曼先生》的评论，文章开头就把我描述为一个"来自伦敦东部的年轻表演女诗人"。当时我已经五十三岁了，从没当过表演诗人（performance poet），也没在伦敦东部生活过。你还能怎么办呢？至少这是个好评。

因此我们写书，为它们设定批评术语，但我们无法掌控读者或评论家的反应。

我们写作者必须练出坚硬的皮囊，以经受失望，坦然面对负面反馈。有些作家很轻易就被击垮，因为第一本书没能成为畅销书，或收到令人失望的评论，或被出版社退稿而心灰意冷，不再另寻出版社，有时还不得不自费出版。还有一些作家首作很有名气，第二本书却没有那么成功，便从此一蹶不振。但话说回来，自我膨胀只能导致狂妄自大。我尽量不过度表扬我的那些年轻的创意写作学生，因为他们许多人都不善应对赞美。从谦虚、热情到傲慢、孺子不可教的转变，只需几个小时。

一旦我们的作品进入公众视野，我们如何以身作则，决定了写作是终身事业还是一锤子买卖。无论我们的作品有多好，总有人会有不同意见，不喜欢它们，认为它们被高估了，这让人清醒，踏实。

我的目标一如既往，那就是继续写故事，继续提高写作技巧。有创造力的人没有终点，他们无论何时都不会停止成长，否则就会陷入创造力停滞的泥沼。

seox（古英语）

mefa（约鲁巴语）

a sé（爱尔兰语）

sechs（德语）

seis（葡萄牙语）

※ 六

影响, 源头, 语言, 教育

作为一名戏剧创编者,我曾很大胆且颇具实验性地用诗歌创作舞台剧,但作为一位深夜在与女精神施虐狂同住的公寓,边酩酊大醉边将诗句涂抹在纸上的诗人,我对自己的写作技巧并没有信心。我还感受到来自英国传统文化的沉重压力。在英国,白人诗人占绝大多数,尽管可能是因为战后移民到英国的那代黑人和亚洲人都忙于养育孩子和适应环境,没有写诗的闲暇,少数除外;而在英国出生的第二代,比如我,还没有什么话语权。所以,诗歌创作伊始,我感觉这里的诗歌圈子没有我的一席之地,但这并没有阻止我写诗的劲头。

二十世纪八十年代初,全国只有一门创意写作的学位课程,几乎没有其他课程和工作坊。后来,我设法加入了一个黑人女性写作坊,却意外发现和我一样毫无经验的同伴们希望我的诗作能表达黑人女性主义的世界观。我同意她们的政治观点,但即使在那时我也知道,我想捍卫自己的创作自由,我的诗歌永远不能变成传达教条的工具。此前几年,我的自觉意识还没有那么强,我披着诗歌的外衣，写了一首极糟糕的谴责男人的论战作品。我自以为写得很出彩，就投给了女权主义杂志《多余的肋骨》(*Spare Rib*)，收到的却是拒稿信。

自那之后，创意写作课程开始涌现，为有志于写作者提供指导和支持，其群体归属感和教学体系也让他们受益匪浅。一个学习诗歌的学生几周就能掌握诗歌创作的核心原则，而我因为无人引导，花了许多年才摸出门道。同时我也发现，诗歌技艺的相关书籍都是指令性的，也很局限。它们教的往往是传统形式，你可能从中读不到一首有色人种诗人的范文，其他文化甚至提都不提，令人感觉很疏离。在早年，诗歌对我来说不是一种技巧的练习，而是我内心世界的表达。我用自己的方式慢慢学会了写诗，整个过程虽然艰难，但回过头看，也是最适合我的方式。

※

我的作家之旅显然早在我拿起笔之前就开始了。回溯我的创造力起源，就会不可避免地带我回到最初的地方，我的童年。我那时读书是因为无聊，而无聊是因为实在没什么娱乐。有人会以为在一个大家庭中长大就会永远不缺玩伴。我七岁之前可能是这样，但七岁之后，我们就会根据年龄和性别自由组合。八个孩子，只有分组才好管理。两个年长些的姐姐有段时间一起玩，四个男孩分别与各自年龄最接近的分成了两组。我最倒霉，与我年龄最近的妹妹太小，完全玩不到一块去。

与我那时相比,如今的年轻人能享受的娱乐目不暇接,实在让人难以置信。在我童年的古早时期,电视频道只有三个,播出时间非常有限;没有互联网,且再过三十五年互联网的雏形才开始在家庭中应用。(记得1989年一位电话工程师告诉我,书籍可以通过电话线发送。我试着想象将一本实体书塞进电话的样子,然后觉得这人疯了)。电视上播放的电影主要是黑白老片子,广播电台频道屈指可数,类似老掉牙的卡带播放机这种便携式音乐播放器还没有被发明出来,至少没有普及。电话是百分之百不能移动的,电话答录机是二十年之后的事。

难怪我会经常感到无聊。消磨无聊的主要手段就是看书,母亲也鼓励我看书。从很小的时候起,每个星期六,我都会步行去伍尔维奇公共图书馆免费借阅两三本。借助书籍,我的思绪可以自由驰骋,想象外部世界。当时的我并没有意识到自己读的书里全是白人,我还太小,意识不到当中的问题。今天,我提倡儿童读物的多元化,因为孩子们需要在书中看到自己,那是一种身份认同,他们需要感到自己也是民族故事的组成部分。正是此类故事的阙如激发了我成年后去书写自己的故事。

偶尔,我会很怀念前互联网时代不那么忙碌的生活——那时我不会每天收到应接不暇的电子邮件,也没有那么多提前预约的电话。就在不久前,在一次为期两周的封闭写作期间,因为网络访问受限,我惊讶地发现自己是那么平静,更加内省,与自己建立了更多连接,也能够更清晰、更深入地思考了。印象中这在以前是常态。这才是完美的写作环境。

相对于匆忙阅读电子邮件、浏览社交媒体或网络新闻，读书曾经是，现在依然是一种非常宁静的体验。我小时候的阅读是私密的，是我一个人的体验。我不记得大家会互相谈论阅读的内容，除非在英语课上。这为我未来的写作生涯打下了很好的基础。我能坚持写几十年，也许是因为我有写作需要的内观力和内省力，当然还有渴望，而这颗种子是从我小时候能够独立阅读的那一刻种下的。

※

最近，我逐渐明白我的天主教成长背景如何在我写作伊始发挥了作用。我当时就有创作诗歌的天分。在很长一段时间里，我都觉得诗歌就是上天赐给我的礼物，而没意识到，自己其实从小就浸淫在诗歌之中。

小时候，我对一次又一次被拽去参加天主教弥撒厌烦极了。虽然我鄙视那些虚伪的神父，但他们主持礼拜时诗意和戏剧化的场面一定潜移默化地影响了我。对强制参加的弥撒我唯一喜欢的部分就是表演。小学五年级之前，我读的是一所女子修道院学校，那时每天都会在小礼拜堂举行晨祷。星期天我还会去教堂做礼拜。

伍尔维奇的圣彼得教堂和罗马的圣彼得大教堂大抵相当，对于小小的我来说，它是如此宏伟，如此令人肃然起敬。等我们足够大的时候，我们就会磨磨蹭蹭地走进去，在长椅上落座。之所以经常迟到是因为，母亲实在有太多孩子需要打理了。要是我们胆敢窃窃私语，就会有教友转过身来训斥我们。记得有一次，我们进入教堂时，神父无情地停止了礼拜仪式，每个人都转过头来，看着我们这群黑皮肤的孩子一脸羞愧、不情不愿地走在过道上。

二十世纪六十年代，礼拜仪式被称为"脱利腾弥撒"，因为是用拉丁语这种已经消亡的语言进行的，所以几乎不可能受到孩子们喜爱。从十六世纪开始，世界各地的天主教弥撒一直保持着这种远古的传统，令大多数会众迷惑不解。我模模糊糊记得自己倒很喜欢这种陌生的发音，喜欢拉丁语低沉的语调和舒缓的诗意节奏。

等后来弥撒的仪式用语被明智地改成英语，我就理解了故事讲述的基本结构，尽管通篇都是上帝是好人、魔鬼是坏人的扁平叙事。我会留意礼拜仪式的叙事特征：神父是正面人物，是主角，潜伏在我们所有人内心的邪恶是反派，永恒的诅咒威胁是我们不端行为的后果，天堂或地狱是我们的结局。（叙事结构无处不在，不仅仅存在于故事中）。

我嫉妒那些祭坛侍童。他们负责将洁白的亚麻布搭在祭坛前的栏杆上，会众跪在上面领受圣餐，亚麻布就相当于一块笔直垂下来的桌布，多年来我一直梦想自己也能到上面去，庄严地、熟练地抚平上面的折痕，让它看起来完美无瑕。我太羡慕祭坛侍童在仪式上的地位了。到了领受圣餐的环节，我会加入队伍，经过走廊朝向栏杆，然后跪在长椅上，等待在祭坛侍童的陪同下走来的神父，把精致可口、入口即化的白色圣饼放在我的舌头上，我再抿一小口葡萄酒——饼和酒分别象征基督的身体和血。

遗憾的是，我当不了祭坛侍童，因为我是女孩。我们清楚自己在天主教会等级制度中的位置。长大后我们的职责是打扫教堂，给神父当厨师和管家，备好蜡烛，为聚会做茶点和蛋糕。

记忆中，弥撒就是一场戏剧表演：我们齐唱赞美诗，管风琴奏出轻快的音乐，神父穿着华美的法衣走在过道上，我们呼吸着他手中的香炉飘出的缕缕芳香。鎏金和黄金、石头和木头组成的洛可可式环境，圣经场景的浮雕和塑像，高耸的柱子和拱门，阳光透过华丽的彩绘玻璃窗照进来，一切都是那么盛大壮观，那么令人心醉神迷。所有的宗教肖像，所有符号和仪式，都深深烙印在我的脑海中。日复一日，周复一周，我小学开始后的十年里每个星期天都会去教堂，从未间断。

因此，在我离开教堂几年后开始戏剧创作时，它通过诗歌这种高度凝练的语言表现出来，就不足为奇了。

文学方面的影响固然重要，但我们内心深处还有更多东西，它们迟早会转化为我们的创造力。

✳

我读书时念过的古希腊文学，那些史诗和诗剧，对我的想象力施加了何种影响呢？我十几岁时就对索福克勒斯《安提戈涅》中桀骜不驯的同名主人公产生了深深的共鸣。

同样，上学时学的外语——法语和拉丁语各学了五年，西班牙语学了两年——肯定让我在运用小说语言时更为自信。作为作家，我需要听我的角色开口说话，这样他们才能在我的脑海中鲜活起来；我又偏爱采用第一人称叙事，这是让小说变得可信的必要条件。这样，说出的话落在了纸上，或者说，听到的语言变成了人物的声音。为了尽可能再现人们说话的方式，我在我的大多数作品中都穿插了外语。

我也想弄清楚父亲的蹩脚英语是否也影响了我的写作。当然，成长过程中听到的声音肯定会或多或少影响我们。我天生就偏爱通俗语言，它可能比再现标准语言更难。捕捉标准英语以外的任何言语的精髓，与之接近而不是复制它，不夸张讽刺且能让普通读者理解，这需要对声音高度敏感，而敏感可以后天培养。这很值得，因为大众语言往往更平等和包容，通过它，每个族群、每个阶级、每个地区、每种文化、每种言说方式都被听见，被珍视，被接纳。

※

我注意到，许多英国作家都声称弗吉尼亚·伍尔夫、简·奥斯汀、艾米莉·狄金森和亨利·詹姆斯等是他们文学道路的启蒙，然而年轻时，我觉得我的写作却是在抵抗来自他们的影响。阅读对我来说是一种愉悦的沉浸式体验，但在学校不得不阅读伍尔夫《到灯塔去》时，并不是这样。十几岁的我对伍尔夫发自内心地反感,但后来我重读她的作品,比如《奥兰多》和《达洛维夫人》,又成了她的粉丝。

作为一名年轻女性,我需要阅读黑人女作家的作品,然而我并没有在英国遇到任何在此出生或长大并从这个角度书写我们故事的人。激励和鼓舞我的是非裔美国人,最主要的有奥德丽·洛德[①]、托妮·莫里森、格洛丽亚·内勒[②]和艾丽丝·沃克,当然还包括尼托扎克·尚吉;还有牙买加裔美国作家米歇尔·克里夫(Michelle Cliff),以及尼日利亚裔小说家布奇·埃梅切塔[③],后者1962年来英国时业已成年,主要聚焦尼日利亚的故事。

既然她们的关注重心都是黑人女性,那我也可以写这个主题。但她们太了不起了,我倍感压力,有段时间我也变得没那么自信了。不过,一旦我克服了这种压力,她们就成了我写作的榜样。战胜脑海中一直挥之不去的声音花了我很长时间,那声音告诉我,我永远不可能达到她们那样的高度。可我必须明白,我永远不可能像来自不同年代、不同文化和不同背景的人那样写作。我唯一要做的是写出自己的风格,尽管说易行难。

[①] 奥德丽·洛德(Audre Lorde,1934—1992),美国诗人、作家、女权主义者、民权活动家,代表作有诗集《黑色独角兽》,散文集《一束光》。
[②] 格洛丽亚·内勒(Gloria Naylor,1950—),美国作家,成名作《布鲁斯特街的女人们》。
[③] 布奇·埃梅切塔(Buchi Emecheta,1944—2017),当今最有影响力的非裔英国女作家之一,代表作有《二等公民》《沟渠之内》。

为了追忆年轻时的自己，我翻出以前的成绩单，有些我已经五十五年没有读过了。这些成绩单很能说明问题。我六岁在修道院学校上的学，我的班主任写道："伯娜丁喜欢阅读，但书面作业不够细心……有点话多。必须学会乘法表。"我很喜欢这个评语，它是我从小热爱文学的证据，也是我打小数学就很烂的证明。从小学到中学，我对数学和科学一窍不通，所以很快就放弃了。老师都说我学习不上心，但我知道自己没有那根弦，我恨死了那些课。

埃尔瑟姆希尔中学的英语老师说我的"作文一直新颖活泼，尽管偶尔用词有点笨拙。"这条我也很喜欢：我的天赋被发现了，但还需努力！她还说："从伯那丁［原文如此］的作文来看，她对这门课很感兴趣，如果继续努力，她会取得好成绩。"然而，不够严谨是评语中经常出现的字眼。这没什么好奇怪的，因为我对细节从来不感兴趣。我的古代文明老师写道："伯娜丁［原文如此］必须明白，她对这一学科的兴趣需要深入钻研做支撑。"我的英译希腊文学成绩单也反映了这一点："伯娜丁这一学年取得了很大进步。她的作文写得很好，但往往缺乏相关事实支撑。"

这就是我；甚至今天依然如此，尽管进步了不少。我成为编剧和小说家也是因为这个，这样我就可以自己编造事实。

我十五岁时，校长在一份报告上写道："伯娜丁［原文如此］

个性成熟,和她相处很愉快。"我当时一定很受宠若惊。那年我甚至还当上了运动队队长,我一点印象都没有。到了六年级,体育老师的评语只有短短一句:"伯那丁[原文如此]这学期一节体育课都没上。"

浏览我以前的成绩单,有一点非常清楚,那就是我的大多数老师都没能把我的名字拼对,他们都漏掉了第二个字母"r",直到今天这个问题依然困扰着我。他们的拼写才大大不合格。(加油!)

我学生时代最深刻的记忆是,不管上什么课我都会望向窗外的天空发呆。我不喜欢严格的纪律,也不喜欢别人告诉我该干什么,虽然我和大家一样,总体表现还不错——我们是好女孩。十四岁时,我最顽皮的事迹是把两个气球塞进毛衣,在化学老师面前晃来晃去。他很害怕我们,我们喜欢肆意嘲弄他。他怒吼着让我坐好,我照做了,事情就这样不了了之。

我为自己刺绣和家政课的糟糕成绩而深感自豪,这是前些年中学的必修课,但男校并不教这些。七十年代据说正是女权主义运动风起云涌的时期,但在学校,女生学习家政艺术,而男生学习技术制图、木工和金属加工;女生玩曲棍球和袋棍球,男生踢足球、玩橄榄球。我的学校并不鼓励我心存高远。没有简·布罗迪[1]那样的女老师告诉我们,我们是"人中龙凤"。没有人鼓励我

---

[1] 电影《简·布罗迪小姐的青春》(又名《春风不化雨》)的主人公,一位充满理想主义的女教师,独立、自信、迷人、热情,在20世纪30年代的爱丁堡女子学校,以其独特的教学风格和巨大的人格魅力启发女生的学习兴趣。

们要胸怀大志，追逐梦想。虽然这是一所文法学校，我们甚至还有一个类似于打字室的地方，专门为那些被认为学业成绩不佳的女孩而设，好为她们将来当一辈子打字员做准备。

十八岁，我从学校毕业，十一门课通过了普通证书考试，其中两门够不上高级标准，所以是普通证书级别。我的最好成绩是B，之后一路走低，即使是喜欢的科目。除了戏剧，我并没有真正付出和努力，我也不在乎，因为当时的戏剧学院几乎没有任何学历上的要求。如今这些课都成了学位课程，但那时录取学生看的是试演表现，因为学历无法衡量一个人的表演能力。当然了，智商和情商也重要，但擅长考试和写论文并不能转化为表演天赋。

然而，如果可以，身为教师的我会鼓励年轻时的自己，即使选择的职业没有成绩要求，也该更努力一些。我会告诉自己，学习对大脑有益，知识可以帮助引导人生，全力以赴做好手头之事，学会自律和投入很是重要。（当时的我也听不进去，这是肯定的）。

一旦进入写作的最佳状态，我便满腔热情投入其中。我无时无刻不在写，工作日和周末、白天和夜晚不再有明确界限。我从不度假。我可以去，但我不去，因为总有太多东西要写，而我热爱写作，不度假并没有什么损失。

※

四十多岁时，我在伦敦大学伯克贝克学院的夜校修了一门校外英国文学课程。虽然我为媒体供稿了很多年，但我渴望得到更系统的知识滋养，我想再次回到课堂当一回学生。学院提供的教学比我受到的学校教育更好，我对学习充满热情，完成学术论文写作也完全不在话下，虽然我发现准确引用参考文献很是烦琐乏味。过去几十年，我是变了，但有些东西没变。我很高兴终于成为一个成绩全 A 的优等生，随后拿到伦敦大学金史密斯学院创意写作博士学位（部分是文学批评，部分是创意写作），我的学术技能在长篇评论的撰写中得到了进一步锤炼，我也很喜欢进行相关的研究和写作。

假如十六岁时有人问我，同龄人中哪些人注定将来事业有成，我一定会说是那些成绩优异的人。然而，我们早晚都会知道，生活对我们的要求远远不止具备取得好成绩的能力。早年经历的挣扎和失望，可以让我们获得力量和意志力。有些年轻人觉得成绩不好将来注定一败涂地，但我认识一些成绩拔尖的好学生，他们有的事业早早就停滞不前或倒退，而一些成绩不佳的人事业却如火如荼，也许是因为他们年轻时挣扎过。艺术也是如此。需要早年经历挫折培养韧性，你才会势不可当。我们在生活中会遇到很多障碍。没有人的生活是一帆风顺的，虽然没有人愿意吃苦，但这是我们培养韧性的唯一途径。

seofon（古英语）

meje（约鲁巴语）

a seacht（爱尔兰语）

sieben（德语）

sete（葡萄牙语）

*　　　　　　　　七

自我, 抱负, 转变, 行动主义

我在四十多岁时开始渴望专业学习,三十多岁时渴望的是个人提升。如前所述,我想当作家,渴望有作品问世,于是告别了戏剧行业,这是向未知迈出了一大步,因为我对自己有无天赋并没有把握。但认真审视了自己的选择后我发现,没有什么比写作更能点燃我的激情了,那为什么不干脆写写呢?我现在都记得自己当时的想法,我不想带着遗憾生活,不想终日感慨"假如……会怎样"或"要是……就好了",却从不冒险去追求梦想。

没有人翘首企足等着我的书稿,经纪人也不像现在这样到社交媒体上四处挖掘黑人作家新秀。当年,搞创作的英国黑人不仅被边缘化,也几乎不在文学界雷达的探测范围,他们不太能理解还存在这样一个群体,也不相信这个群体的作品有出版的价值。编辑告诉黑人作家,我们的声音没有市场。看,我们多被边缘化。在他们眼中,那些生于前殖民地并以此为灵感的作家可能还好,在英国出生的黑人故事却无足轻重。

当时的我一方面深知自己的作品面世机会渺茫,同时又满心期盼有伯乐发现我的作品并将其出版。我写《劳拉》时,《亚伯拉罕岛》正辗转于多家出版社。我知道,如果我的作品能出版,我就是在以一己微薄之力提高文学圈的包容度。虽然我首先是想实现个人抱负,但我也在思考有关黑人艺术、黑人文学和黑人群体相关的更大的议题。我把克服自我怀疑和肃清弱点作为完成写作必承之责,假如我自己都无法振作,还有什么资格抱怨我们身处的尴尬处境?

为了实现目标,我去上励志课程,阅读个人提升的相关书籍,它们都鼓励我要比之前更从大处着眼。我睡前听录音带,让激励的话("感受恐惧,想办法战胜它"和"相信自己,你就成功了一半")进入我的大脑,入睡后那些话会自动在脑海中循环播放。我学会了将雄心壮志转化为愿景,制定看似不可能实现的目标,因为我明白,触手可及的根本算不上愿景,它只是下一个阶段,只是一小步。

我学到的最重要一课是,在与自我怀疑的博弈中进行正向的自我对话,辅以写着令人振奋的"肯定语"索引卡,每天大声朗诵数次。肯定语是一个短句。它往往是个人性的、满怀激情和积极向上的,用现在时列出要实现的目标,但措辞好像这个目标已经实现,它不是对可能发生之事的渴望或希冀,而是声称这件事已经发生——这是自我实现的一种手段,是必要的行动,不是某种魔法骗术。现在我仍然会用这种方式来给自己打气,让自己相信一切都可以做到最好,无论是个人还是职业层面。

写积极正向的肯定语，与预设自己失败正好相反。它重新训练大脑去期待最好的结果，就像创造性的想象力——这是我提升个人技能的另一个手段，将想实现的任何目标和理想场景可视化。如今人们把这种做法通称为"显化"（manifestation）。当然，你必须努力付诸行动，这是不言而喻的。愿望不会凭空实现。我在夜店认识的美国男友就是如此，他自我介绍时声称自己是名作家。我记得很清楚，因为他的电影剧本只写了几页就没了下文。不过，我还是喜欢他那美国式的厚颜吹嘘，直到我发现整整十八个月他的进度都纹丝未动。如果不行动，显化一点用也没有。

倘若努力了但结果仍未达到预期，那么失望之后要重新振作，锲而不舍。在过去的几年里，我在这一理念上更进一步，我告诉学生，"在跌倒过程中就振作起来"，这样就不会真正摔到地上。这使我获益匪浅。一旦发现自己有失意的迹象，我就会说服自己走出来，以免陷进自怜自艾的旋涡。

甚至现在，着手写新书时，我还会写积极肯定语，宣称这本书很是精彩——尽管我还一个字都没动。并不是说我是在自欺欺人或脑子不好使，相反，我是在让自己充满干劲，斗志昂扬，相信自己可以创作出最好的作品，而不是因担心它肯定会有很多缺陷而畏首畏尾。

纵然失败是成功的反义词，但随着时间的推移，我学会了完全摒弃失败这一概念。如果非要相信一个概念，为什么不选择另一个呢?"失败"这个概念太消极了,让人感觉已成定局。作为一个"积极心态鼓吹者"(前几天有人这样称呼我),我相信,假如事情没能如我们期待中的那般发展,那它只是引导我们进入下一阶段,再下一阶段。总而言之,失败这一念头会让人丧失动力。

《劳拉》出版后,我写了一篇我会荣获布克奖的肯定语。我很清楚,这是在异想天开,我还远远没到获奖的水平。我亲眼见证了布克奖是如何改善了作家的职业生涯,他们的作品也能因此受到主流媒体的关注;在我的野心勃勃下,这个大奖似乎唾手可得。我多年的写作并不是为了获布克奖,那有违创作者的职业操守,何况每年评委都不一样,结果不可预测。我只是想让自己时刻准备着,朝它努力。就像一个演员梦想或想象某天会拿奥斯卡奖,于是全力演好每一个角色。

正向乐观的态度支撑着我,也支撑着我的整个职业生涯,无论我写作过程中遇到什么问题。即使再困难重重,我也一直相信,无论如何,总有一天我会突出重围。这并不意味着对外界的消极因素视而不见,也不意味着可以完全消除自我怀疑,但它可以帮助减轻二者带来的消耗。

几十年来,随着信念越来越坚定,我对写作的要求也越来越高。一位作家告诉过我,水有自己的水位线,还是顺其自然,她也找到了自己的那条线。她说她从不期望自己的书有很高的销量,书各有其宿命。我从不会这样听天由命。我的大脑已经被我训练得对自己的职业生涯抱有很高期待,即使期待并没有实现。多年来，我的书销量一直不高，所以每年两次的版税报告发来时，我从来不看。优秀的评论从来都不足以转化为数量可观的销量。我无法做到改变策略，从"文学"小说转向所谓"商业"小说的写作——有人给过我这样的建议，因为后者才是畅销书榜的主流。我必须忠于自己的创作冲动，但同时也希望我的书能有众多读者。我很固执，也不怎么切实际，直到我获得布克奖，我的梦想变成了现实，一切都变了：我激进的、实验性的、纯文学的小说在畅销榜前十上盘踞了长达四十四周。

此时此刻，我想说，坚持自己的梦想真的很重要，因为一旦你开始憧憬，许多人就会把他们的限制强加给你，一定不要给他们这个机会。我们需要保护自己不受泼冷水的人影响。

*

与我刚出书时相比，今天的作者懂得更多了。太多信息可以在互联网上查到，还有为新人作家提供支持，为外人揭开行业神秘面纱的文学组织，如"传播文字"。我刚开始写作的那个时代，如果不了解行业内情，在主流文学圈没有人脉，想进入出版界谈何容易。

我的前两本书都没有收到预付款，能有出版社感兴趣已经很令人欣慰了。当时的我很天真，因为我没有意识到，如果一本书由一家在封闭的文学体制之外艰难求生的不知名小社出版，就很难有好的表现。《亚伯拉罕岛》出版时，我的银行家情人问我拿到了多少稿酬。我回答说一分都没有，他以为我疯了。（这些书的合同条款规定没有预付款，作者只拿版税。）他从来没问过这本书相关的其他问题，甚至懒得去翻看里面的内容。这让我想起了我在土耳其的一个露营地读一本大部头小说的情景。一个在附近地里干活的农民说想看看我手里的这本，我递了过去，她用手掂了掂，感受了一下重量，然后自信地宣布："好书。"

有些学生告诉我，他们想写书是为了出名和赚钱。名利是成功的标志，渴望得到这些没有错，但这不是从事艺术工作的重要动机。现实情况是，要想终其一生从事写作，需与这个职业本身有更深的联系。

由于最初为我出书的两家出版社规模很小，几乎没有市场营销的预算，我就亲自出马，我知道自己必须承担宣传的责任，为我的职业生涯出一分力。我的积极向上使我把"重要的不是你知道什么，而是你认识谁"这句格言当作宝贵的建议，而不是对现状的批评。为了缩小我与同行之间的差距，我开始结交其他作家。《亚伯拉罕岛》出版后，尽管我对这部作品并不满意，也不太喜欢，但仍然努力宣传。《劳拉》出版后我以更大热情去吆喝。我总是随身多带几本书，把书塞到我在文学活动中遇到的评论家手里。为了多认识些人，我对参加此类活动乐此不疲。

《劳拉》出版后，我更忙了。我不但自掏腰包印了数千张广告宣传单，之后委托艺术和文学组织的群发邮件寄出的服务费也是我支付的。我还列了一份英国所有大学文学系的名单，以个人名义给他们写信寄书，试图促成一些演讲活动，或许我的书还能被列入一两个推荐阅读清单……这些尝试大多石沉大海，但至少我行动过了。我很清楚，如果我花精力去推广这本书，起码能得到一些反馈，但如果我什么都不做，那什么都不会发生。

只要有读书会邀请，我就会参加，这些读书会通常没有报酬。我注意到英国文化教育协会的文学部门会在世界各地组织作家巡讲，不等他们邀请，我就主动把我的作品寄了过去，并与他们约了会面。当然了，我想象自己会取得积极的结果。这招奏效了，大门打开了。之后，我跟他们合作了很多年，参加报酬丰厚的文学活动、作家巡回宣传和作家驻留项目。那是我职业生涯中的高光时刻，我非常感激他们。另一边，尽管我付出了很多努力，但直到今天都没收到过英国文学节的参会邀请。

我的前两本书并没有引起国家级报纸的关注，只有小说家玛吉·吉（Maggie Gee）在《每日电讯报》"年度图书盘点"中引用过，她称赞了我的写作，也是最早支持我的人之一。主打人物的深度介绍或专题报道的文化版面也从没写过我，他们专门聚焦有潜力的作家，但无人关注我，而我认为我的作品和我本人都足够有趣。每次我打开周末报纸，都会读到大出风头的作家们。好事没有降临在我身上，但我依然满怀期待，非常努力地写着。

我将永远感激那些认为我的书值得认真研究的学者，他们在《瓦撒非利》（*Wasafiri*）等杂志上刊登对我作品的长篇文学评论。最早肯定我的是后殖民主义理论家们，我太感激他们了，尽管我从不觉得我的创作是后殖民的，而是关于英国的。虽然对于他们的评论术语我并不认同，但至少有人注意到了我的作品。

英语和创意写作课程的阅读书目往往以白人作家和男性作家为主，只有少数装装样子的除外。最近终于有所改观了，令人欣慰。年轻人是未来的思想者、领导者和接班人，不给他们传授黑人文学，黑人文学将永无出头之日。很长时间以来，拓宽学校课程体系的运动一直在挑战教育系统中的帝国主义偏见，他们反对那些根深蒂固的偏见——在那些人的观念中，某些人口永远比其他人口优越，白人永远优于黑人，男性永远优于女性，中产阶级永远优于工人阶级，异性恋永远优于同性恋。

*

在我不断出书的过程中，文坛涌现出了更年轻的作家，在我努力不让自己感觉独自一人站在泥泞田野的沟渠中的时候，他们如耀眼的明星一样从我身边划过。攀比无异于自毁，这是从个人提升训练中学到的，所以我努力专注自己独特的发展轨迹，心中不留任何怨恨。我亲眼看到怨恨如何击垮了一些作家，让他们变得痛苦不堪、牢骚满腹、怨天尤人，他们的创作也变得萎靡不振。我不想成为那样的人，也不想和那些周身散发负能量的人为伍。铆劲儿前行时，你要避免掉进消极的陷阱。一开始出现嫉妒的苗头，我就努力将其转化为豁达的情绪甚至行动——分享他人成功的喜悦，为他们的成功喝彩，即便他们的成就或荣誉令人相形见细。这并不容易做到，但我决心不许自己受到嫉妒的毒害。同时，我的志向远不止于此，我不能，也不愿意，满足于已取得的成绩，因为还不够，对我来说还不够，尽管从某些方面来看，我正在变得越来越成功。

*

今天出版书籍的黑人和亚裔新锐作家会发现，如今他们身处的文化更加包容、更加多元了。长期以来，为了实现这一目标，我和其他人一直利用传统媒体和各种社交媒体发起倡议。早在二十世纪八十年代，就有一个由出版人玛格丽特·巴斯比联合创办的"更多出版机会"（Greater Access to Publishing）项目，旨在使该行业多元化，随后又举办了一系列活动。需要特别说明的是，在近年行动主义的念头进入主流之前，发声是要付出代价的，你会成为不受欢迎的人。但是，如果我们不发声，一切都不会改变。

也许我最有影响力的倡议是2007—2017年旨在纠正英国出版界对有色人种诗人忽视的"全集诗歌指导计划"（Complete Works poetry mentoring scheme）。该计划的起源可以追溯到我2004年担任堂堂"新一代诗人"名单的筛选评委的时候，这个名单每十年更新一次，评选出过去十年首次出版诗集的最优秀的二十位诗人。考虑到提交作品的一百二十位诗人中，没有一位黑人或亚洲裔作家，我礼貌地请求组织者邀请我认识的五位有资质的诗人提交作品，但遭到拒绝，我私下扬言要退出评委会，他们才让步。最后，只有一位有色人种诗人上榜，但总比无人入选好。

这件事也促使我做出下一步行动。我联系了"传播文字"和英格兰艺术委员会（Arts Council England），让他们调查此事，结果就有了"自由诗篇"（Free Verse）调查报告。该报告显示，在英国出版的诗集中，有色人种的诗作占比不到百分之一。为了避免和其他报告一样发表后最终被束之高阁，被人遗忘，我与"传播文字"以及娜塔莉·泰特勒博士（Dr. Nathalie Teitler）一起发起了"全集诗歌指导计划"。在艺术委员会的资助下，三十位诗人接受了为期一到两年的单独指导。我很高兴，他们现在是英国最杰出的诗人，出版了多部诗集，并荣获众多大奖。例如，2015年以后从该项目毕业的三位诗人雷蒙德·安特罗伯斯（Raymond Antrobus）、杰伊·伯纳德（Jay Bernard）和萨拉·豪（Sarah Howe）都先后获得《星期日泰晤士报》年度青年作家奖。

同样，我在 2012 年创立了布鲁内尔国际非洲诗歌奖。诗歌奖每年评选一次，以推动非洲诗歌发展，助力非洲诗歌为读者所知晓。同年，我担任凯恩非洲写作文学奖评委主席，该奖项自 1999 年设立以来，彻底改变了非洲小说的命运。我想知道能否为诗歌做出同样的革新。我和我在布鲁内尔大学的上司讨论了这个问题，他提出资助三千英镑作为奖金，使之成为全世界非洲诗歌奖金最高的奖项，太令人惊讶了。我建了一个网站，请来作家朋友担任评委，并在社交媒体上进行宣传。为了避免官僚主义，没有设立委员会，我一直自己管理这个奖项。有时这是办好事情最有效的方式。

第一位获奖者是瓦森·夏尔（Warsan Shire），后来她与碧昂斯合作了专辑《柠檬水》。获奖者有时只有一个，有时是三个。推动非洲大陆诗歌界的发展是这个奖项的创立初衷，因此我很高兴它能一点点被传播开来。团队也很重要，从一开始，我就与诗人夸梅·道斯(Kwame Dawes)密切合作，他是我的老朋友，负责管理非洲诗歌图书基金（African Poetry Book Fund，APBF）及其出版物与奖项。所有获得或入围布鲁内尔奖的诗人后来都出版了作品，有时由 APBF 出版。今天，非洲诗人也出版了大量作品，他们正成为一股影响国际诗坛的强大力量。

其他致力多元化的举措还包括 1995 年组织了英国首届黑人和亚裔戏剧研讨会——"未来历史"（Future Histories），当时大多数成立于八十年代的黑人和亚裔戏剧团已经解散。我还在 1997 年组织了首届大型英国黑人写作峰会"透写纸：英国黑人文学发展"（Tracing Paper），讨论英国在地作家的崛起，他们出版的作品数量比以往任何时候都多。学术峰会是群体讨论特定议题和权益的重要集会，创造这样一个空间重估过去和规划未来很是重要。

我的最新项目是牵头推出了"黑人英国：回写"项目。这是我和我的出版商，英国企鹅公司的哈米什·汉密尔顿合作的一个系列，通过这个系列，我们将过去被忽视的、值得更多读者阅读的书籍重新投入市场。前六本都是小说，于 2021 年出版，包括 C.L.R. 詹姆斯（C.L.R. James）1936 的小说《薄荷巷》(*Minty Alley*)。另外六本非虚构作品将于 2022 年推出[①]。

*

用管理学的说法，我的能动论一直在明确产出所谓可交付成果。我投身英国和非洲诗歌，是因为我承担起了责任，想成就一番有意义的事业。就这样，我九十年代为推进个人事业而首次掌握的个人提升技能派上了更大用场。我在文学圈建立的人脉对这些项目的启动至关重要，它使我能够与他们合作并得到支持。从黑人妇女剧团开始积累的艺术管理经验意味着我有组织能力来启动这些项目，最重要的是，我的父母就是活动家，多年前他们为社会变革而进行的抗争，激发了我的政治热情。

不久前，一位艺术界高层告诉我，我应该"停止像社工一样的行为"，将精力和能动性放在提升自己的写作上。这简直是对我的侮辱。实际上，我在戏剧和文学创作上的职业抱负，一直与我的政治主张交织在一起——作为一名女性，一位有色人种，一个工人阶级／黑人移民二代，近来又作为一名年长女性。捍卫群体权利的同时，我始终将自己的事业放在首位。我真不是什么自我牺牲的天使，培养下一代并不是吃力不讨好的苦差，它也给我带来了很多乐趣。获得布克奖让我有了更多的文化资本，我有话要说时，我的倾听者也比以前更多了。

---

① 本书英文版成书于 2021 年。

我的艺术和能动论有同一个源泉，从某种意义上说，我的艺术是我能动性的体现。作为一名活动人士的唯一问题是，有时人们对它的兴趣超过了对我作品的兴趣。太多时候，在就我的书接受采访时，常被问到如何解决出版领域多样性不足的问题。现在，我会建议他们直接去问出版社。出版社是把关人，在这个问题上有发言权；不用我掺和，他们可以解决这个问题。

2020年5月乔治·弗洛伊德遇害[①]的影响，以及随后"黑人的命也是命"抗议活动的全面爆发，包括针对出版业的抗议活动，彻底动摇了出版业，他们开始第一次认真对待系统性的种族歧视。许多计划正在筹备。这是一个激动人心的时代。

✳

身为书写者，我一直试图从多个角度书写散居海外的非洲人——过去的，现在的，真实的，想象的。我欣然接受"黑人作家"这个叫法，因为在一个种族化社会中，关注这些叙事很重要。然而，有人一本正经地问过我，我什么时候才能跨越对黑人的书写，仿佛这是通往下一个人类启蒙阶段的必经之路。（与此相反，那些即使书写当代多种族社会时也从不包含有色人种的白人作家，从不会被问到这个问题。）

[①] 2020年5月25日，非裔美国人乔治·弗洛伊德遭到四名美国警察暴力执法，窒息而死，终年四十六岁。这一事件再次挑起民众长期以来对非裔美国人死于白人警察手下的愤怒，引发大规模抗议示威和骚乱。

假设我只写关于尼日利亚人的小说，那么我就可以书写一亿九千万人口——这是英国总人口的三倍。假如考虑到现实中深肤色人口占全球大多数，那么从这个角度写作，就是在探索我们人类无限的、创造性的、历史的、虚构的、跨越代际的、多人口特征的生命可能性。几乎没有限制。

荒谬的是，一些人认为，只有白人叙事才能在小说中探索普遍性问题，这也许是黑人作家的作品难以在英国出版的一个未公开承认的原因。我曾与人们就这些问题进行过几次令人抓狂的讨论，这些人从根儿上认为黑人不如白人，他们对那些创作以白人叙事为主导的有色人种作家赞不绝口，认为他们比我们这些"无法超越自己种族"的人技高一筹。当然，我并非在批评哪个作家在叙事方面的选择，作家有自由想写什么就写什么。

优秀的文学作品能够通过描写某些特定人群的特性，让我们对人类有更深层次的洞察，但这并不意味着我们不需要在小说中呈现某些特定人群。

还有一个经久不变的刻板印象是：有色人种作家在白人占多数的国家创作以黑人或棕色人种生活为主题的作品，就会被认为是在书写种族歧视和种族偏见。大多数英国黑人小说家和诗人并不直接写歧视与偏见；他们用创造力书写我们人类的普遍经历。将黑人写作一律视为种族主义的书写是一种惰性思维。在我自己的作品中，种族主义有时是贯穿某些人物生活中的一条线索，因为它贴近生活，但它很少是我作品的核心，《金发根》除外。

另外一个常见的说法是：我们的所有创作都被认为与身份认同有关。这不仅大错特错，而且居高临下。其言下之意是，我们黑人作家总是试图通过写作来找寻自我——这几乎是对我所有书的评价。没错，有时有色人种作家确实直接书写身份认同，但绝不仅限于此。即便是在我的半自传体《劳拉》中，我也在探索多个主题。也许身份标签一直存在，是因为那些不熟悉我们故事的人感觉从中了解到了我们的"身份"，而这歪曲了他们对我们创作的看法。人们总是可以通过身份这一棱镜来分析文学作品，并为其找到佐证，但这往往不是一部作品的全部。

有人还说，无论我写什么，我都是在写我自己。这太离谱了。好像我是一千八百年前的一个非裔罗马女孩，一名年过七旬的加勒比海男同性恋，一个庄园里的十四岁男孩，或者一个生活在平行宇宙里的白人女奴！一位电台记者采访我时问道，《女孩，女人，其他》中的十二个角色是否都是我自己的不同版本。真的吗？我是一个干清洁工的尼日利亚移民，同时还是一个九十三岁的北方农民？任何小说都可以说是作家所关注问题的体现，只在这个层面，我的书是关于我自己的。唯一一个完全是我自己的虚构版的人物是《劳拉》的同名主人公，即便如此，我也会编造一些东西。我们小说家就是干这个的。

富有创造力的作家为用笔展示了自己的想象力而自豪；我们珍视自己的想象力，也珍视自己能找到有趣的方式表达它们的能力。我让自己在艺术上完全自由，从多维度写作，跨越种族、文化、性别、年龄和性向的区隔，在不同的文化中遨游。我是最为叛逆的作家，一位自由热爱者、规则无视者，所以我才会对艺术自由讨论中冒出来的文化所有权概念感到好奇。考虑到文化受全球影响并对全球影响做出回应，它必然一直处于运动变化之中，既然如此，文化怎么可能会归任何人所有？

当一种文化的人借小说探索另一种文化时，对想象力的监管又有怎样的伦理？如果我们觉得自己属于某个特定的文化，我们可能站在一个权威立场来书写某些人，但这是否意味着其他人无权根据自己的研究、兴趣、见解和想象力进行虚构，就像我在我的所有作品中所做的那样？假如我们的作品不符合他人的期待，我们可能会被质疑，不得不应对不同的声音，但在文学中强制实行某种文化隔离、种族隔离或强加其他形式的规则，这样做是否明智？如果我们将文化所有权的概念应用于文学，那么一定也得把它应用于其他领域，包括电影、舞蹈、建筑、设计和音乐吗？想象一下结果会怎样。那到底什么才是真正的文化呢？有些人会说莫里斯舞和五月柱舞传统是纯正的英国文化，然而，莫里斯舞最初叫作"摩尔人舞蹈"，起源于北非摩尔族，而绕着五月柱跳舞显然是日耳曼异教徒的仪式。任何将文化抽象化、统一化的尝试只会适得其反，人类不同文化之间是相互关联的。

＊

在本章中，我探讨了我的个人提升策略如何引导我将积极的结果可视化，继续前行，以及我是如何将能动论融入了我职业创作生涯的，另外，就解读我们作品时局限的批评视角也提出了一些延展性的问题。

结语　Conclusion

我成长于二十世纪六十年代，在成长过程中我们一家遭到种族主义分子的歧视和袭击，他们对待一屋子的小孩如同对待战区的敌人，我的成长之路可谓崎岖漫长。

我经历过巨大的社会变革，可以斩钉截铁地说，今日之英国与我早年生活过的英国迥然不同，在那时，对歧视不能向法庭提起诉讼，体制如同一座牢不可破的堡垒。我现在从事的许多职业在我出生的那个年代是不可想象的，年轻时的我也不敢想象。我不仅写书，还担任董事会成员，编辑出版物，做评奖委员会主席和教授。（在英国，非裔女性教授的比例约为 0.15%，要实现真正的平等还有很长的路要走。）

今天的我不再将矛头对准这个堡垒。我坐在了堡垒里面，就如何改造陈旧过时的基础设施，接纳那些被不公正地排除在外的群体进行对话，有礼有节，据理力争，不屈不挠。外部的叛逆者摇身一变成为内部的谈判者，我们需要坐在做决议的桌旁，让人们参与对话最终比朝他们大吼更有效（虽然有时这让人感到很爽）。

我逐渐明白，不平等将永远存在，不是这样就是那样，因为人类文明具有部落性，实施的是等级制，历史上看，主要是父权制。既然我们决定倡导社会变革，不妨好好享受抗争。我发现行动主义令人振奋、卓有成效，单纯抱怨社会不公，坐等变革降临，心态只会一直无助下去。

如今我虽然不时在精英阶层间活动，但这并不意味着我不再受到公开的种族歧视。不久前，我因为在公交车上层训斥几个找麻烦的小子，反被他们骂"黑鬼"。坐在我旁边的九岁小亲戚对于他们竟敢侮辱我大为震惊，因为第一我是成年人，理应受到尊重；第二我还是一名作家——当然了，那些小子并不知道我的后一身份。他们的羞辱很是愚蠢，而她的可爱天真也非常有趣。

2015年，我拿到美国一所常春藤大学研究员的职位，住在富有白人社区的华丽房子里。一个星期六下午，我从商店回到家，正打算坐到客厅休息时听到身后有动静，我猛地回身，一名警察站在门口。我知道他们在附近巡逻，有房子的钥匙，但学院事先已知会他们有位作家住在这里。显然，有人举报了我。（一名黑人妇女用钥匙开门进屋，显然是要图谋不轨。）气炸了的我朝他大吼，完全忘记了对方可是配备了武器的美国警察。不过，这招还是管用，他匆忙离开。也许我的英式口音足够让他相信我并不是窃贼。

我对自己遭遇的公开的种族歧视保持高度警惕，同时对系统性种族歧视的不同表现也不乏了解和观察。在消除种族主义的斗争中，我们必须识别和研究这些现象，尤其在一个否认种族歧视的思潮不断抬头的国家。

无论是我的童年，我的居住问题以及亲密关系，抑或我的戏剧从事经历，或者我的小说创作，我越过的每一个障碍，都使我更加坚韧，更加坚定。

拼搏、乐观、想象力、行动主义和自信不疑，所有的所有让我变得势不可当。而我对生活、对拼搏、对自己的理解，继续充盈着我对人性的认识——这是人物塑造的根基。与二十岁出头身为年轻戏剧制作人的自己相比，今天的我对人有了更深刻的理解。

我六十岁获得布克奖，对我来说这是最完美的年龄，尽管能得奖还是让人吃惊。在生命的这个阶段，我不仅培养了超凡的工作热情，而且也懂得不因自己的成就骄傲自满。我了解世界运行的方式，我的人格已经定型，不可动摇。

我很幸运，自己能够从永不放弃的先辈那里继承一些品质：我的母亲，她不会因为家人的反对而放弃爱上的男人；我的父亲，他冒着种族主义的熊熊烈火，为改善各种肤色的工人阶层的生活而战斗；我的外婆，她的梦想随着唯一的孩子嫁给黑人而破灭，可她仍然爱她的孙辈，虽然不爱我们的肤色；我的祖父格雷戈里奥，他在巴西废除奴隶制后逃到约鲁巴兰成家，成为一名海关职员；我的爱尔兰祖先，他们逃离了爱尔兰的贫困和社会偏见，到伦敦艰难谋生；我的外高祖父路易斯，他在十九世纪中叶逃离农作物歉收的德国，到伦敦定居，最后成为一名成功的商人；还有其他所有在生活难以为继时继续前行的祖先们，为了开创更美好的新生活，他们漂洋过海，从农村到城镇，从市中心到郊区，从家乡到充满敌意的异域，从已知迈向未知。

我永远不会接受失败，永远不会放弃。我正走在祖辈世世代代为我铺就的路上。

我首先是一名作家；书面文字是我处理自己、生活、社会、历史、政治等一切的方式。它不仅仅是一份工作或一份热爱，还是我如何存在于世的核心。我沉迷于讲故事，那是我最强有力的沟通手段。

引用《皇帝的宝贝》中祖蕾卡的话，这就是我的遗产："在世间留下我的耳语/我的鬼魂，一部文字组成的大型歌剧。"

埃瓦里斯托宣言　The Evaristo Manifesto

每个人都有自己的宣言，它在我们人生的中途出现，并随着我们阅历的变化、重构而发生改变。以下是我的宣言。

人人都应有机会创作、倾吐和阅读反映他们文化和群体的故事，这样人们才能感受到一视同仁的认可。

讲故事的人必须克服一切内部和外部障碍，首先要志存高远、勤奋努力、精益求精、新颖独到、势不可当。

创造力在我们的想象中自由流动，等待我们去挖掘。它必须不受规则和审查制度的约束，但同时我们不应忽视其社会政治背景。

尽情地、大胆地、不受约束地去发挥你的创造力，敢于冒险，不墨守成规；因循守旧的人不会推动我们的文化或文明。

智者会选择支持自己的人作为人生伴侣，远离那些会削弱、损害甚至摧毁你的创造力的人。

个人成功在用于造福社会、改善落后的社区时最有意义。我们彼此连接，必须互助互爱。

社会以强有力且往往密不透风的网络运作，以维护族群秩序，我们必须建立一套自己的系统来应对。

我们必须把所学所知传给后代，并对那些向我们施以援手的人表示感谢，没有人可以仅凭个人力量取得成功。

我们身后是静默的祖先，是我们逝去亲人的亡灵，因为他们，我们才来到这个世上，我们必须铭记他们。

致　谢

　　感谢我的编辑西蒙·普罗瑟，以及哈米什·汉密尔顿和企鹅公司的团队，他们在幕后不知疲倦地忙碌着。我们的手稿从编辑到出版，再到书店和其他地方，每个环节都离不开他们的帮助。尤其要感谢安娜·雷德利、汉娜·丘库、赫敏·汤普森、罗西·萨法蒂、阿莱克西亚·托迈迪斯、蒂内克·莫勒曼斯、特雷弗·霍伍德、娜塔莉·沃尔、理查德·布雷利和安妮·安德伍德。

　　感谢我的经纪人艾玛·帕特森以及和我一起在艾特肯·亚历山大文学经纪事务所工作的团队：丽莎·贝克、安娜·霍尔、莫妮卡·麦克斯旺、劳拉·奥塔尔和莱斯利·索恩。

　　感谢我的美国编辑彼得·布莱克斯托克，以及格罗夫大西洋出版社的约翰·马克·博林和德布·西格尔。感谢安雅·巴克兰和蓝花艺术团队。

　　感谢格林威治青年剧院（如今的特拉姆赛德剧团），特别是约翰·巴拉尔迪；感谢七十年代的船首斜桅教育剧场团队，特别是蒂姆·韦伯。

感谢彼得·库克老师，是他让埃尔瑟姆希尔女子中学的戏剧小组起死回生，使我有机会做一回演员。

感谢罗斯布鲁弗戏剧与表演学院以及所有鼓舞过我的老师和客座戏剧制作人与导演，他们帮我提高了表演技艺、想象力、叛逆精神和批判性思维。他们是：裴德·阿尔德森、利亚·巴塔尔（已故）、斯图尔特·贝内特（已故）、伊冯·布鲁斯特、黑兹尔·凯莉、苏·科威尔、杰斯·柯蒂斯、林恩·达恩利、安娜·弗斯、伯尼·戈斯（已故）、萨拉·哈代、科林·希克斯、利比·梅森、戴夫·帕门特、苏·帕里什、罗宾·萨姆森、科林·赛尔和大卫·索尔金。（如有遗漏，敬请谅解。）

感谢帕特里夏·圣·希莱尔、波莱特·兰德尔和我一起策划成立了黑人妇女剧团，感谢所有在早期我们迫切需要帮助的时候支持我们的女性。她们是：朱尔斯·巴克斯特、瓦尔·比克福德、特里西娅·博恩、凯特·克拉奇利（已故）、瓦妮莎·加尔文、罗莎·琼斯和萨拉·莫里森。

感谢英国文化协会文学部多年来的支持；感谢伦敦博物馆、《瓦撒非利》杂志和阿尔文基金会；感谢布鲁内尔大学的同事们，尤其是带我入门的威廉·莱希教授；感谢英国皇家文学学会、天空艺术和南岸表演的团队以及BBC的《想象》系列纪录片团队。

感谢杰克·布莱克和他的心灵商店（Mindstore）、伯贝克学院和金史密斯学院。

感谢文艺复兴一号（renaissance one）、不言自明（Speaking Volumes）以及所有组织和个人多年来对我写作的支持。

感谢我的家人，尤其是我的父母；感谢所有的朋友，不论是过去的还是现在的。你们知道我说的是谁。

更要感谢我在爱情、婚姻、交谈、写作、散步、骑车和大笑时的伴侣——"家中宅男"，了不起的大卫！